Leopold Alois Hoffmann

Der Dorfpfarrer

Schauspiel in zwei Aufzügen

Leopold Alois Hoffmann

Der Dorfpfarrer
Schauspiel in zwei Aufzügen

ISBN/EAN: 9783743643949

Hergestellt in Europa, USA, Kanada, Australien, Japan

Cover: Foto ©Andreas Hilbeck / pixelio.de

Weitere Bücher finden Sie auf **www.hansebooks.com**

Der
Dorfpfarrer.

Schauspiel
in
zwei Aufzügen.

Vom

Professor Hoffmann.

Pest und Wien 1789,
Auf Kosten des Verfassers und in Kom=
mission in der Wucherischen Buchhand=
lung zu Wien.

Vorrede.

———

Es muß dem Leser, der nicht durch
Lokalnachrichten davon verständigt
ist, gesagt werden, daß dieses Schauspiel die Bestimmung hatte, in einem ka-
tholischen geistlichen Erziehungshause an
einem der drei Faschingstage zum gesell-
schaftlichen Vergnügen aufgeführt zu werden. Wirklich ist es auch in diesem Jahre
am 22ten Februar aufgeführt worden.
Der allgemeine Beifall sehr ansehnlicher
und aufgeklärter Zuschauer schien die Wahl
des Stoffs, die Ausführung desselben, und
die

Vorstellung selbst vollkommen zu billigen, von welcher lezteren ich als Dichter insbesondre bekennen muß, daß sie fast meine Erwartung übertraf.

Vielleicht war an der Mühe der Spielenden, zumal bei jenem, welcher die Rolle des Pfarrers zu bearbeiten hatte, der nähere Antheil Schuld, welchen sie an dem Stoffe selbst nahmen. Ein Gegenstand, der unmittelbar auf unser eignes Herz wirkt, weckt auch unsre Kräfte immer lebhafter, als ein andrer, der mit uns in keiner Beziehung steht, und blos die Absicht hat, allgemeinhin Zerstreuung und Vergnügen zu geben. Die Rolle des Pfarrers wurde mit einem Anstand, einer Lebhaftigkeit, und mit einer gewissen natürlichen Eigenthümlichkeit gespielt, daß

selbst mir, dem Dichter — und Dichter
sind in solchen Fällen fast schwer zu befriedi=
gen — nichts als Bewunderung übrig blieb.

Diese, nur dem feinern Bemerkungs=
geiste mögliche Beobachtung, dann der all=
gemeine wohlthätige Eindruk bei der ganzen
geistlichen Jugend enthält die vollwichtigste
Apologie für Unterhaltungen dieser Art;
und ein Vorgesezter, der durch solche Mittel
Vergnügen und Unterricht verbreitet, darf
sich freuen, und glauben, seinen Zwek sehr
sicher erreicht zu haben, besonders in dem
gegenwärtigen Falle, wo die Redlichkeit
mir das Geständniß auflegt, daß die Haupt=
idee des Schauspiels diesem Vorgesezten
gehört. — Fernere Apologien zu halten,
ist nicht meines Amtes; und dann bin ich
gewohnt, ganz zu schweigen, wo ich die
lau=

laute Ueberzeugung nüßlicher Wirkungen in meinem Herzen habe.

Eine dieser Wirkungen ist, daß dieses Schauspiel im Druk erscheint. Die geistliche Jugend verlangte häuffig Abschriften davon. Warum sollte man ihr durch gedrukte Kopien nicht Zeit und Unkosten ersparen?

Die Urtheile des großen Publikums muß ich erst erwarten, wenn anders das Publikum von dieser Kleinigkeit Notiz nimt. Jedermann aber, zumal die litterarischen Richter, ersuche ich, bei ihren Urtheilen die Ursache des Druks, und dann die Absicht, zu welcher dieses Schauspiel bestimmt war, nicht aus den Augen zu lassen. Ich läugne nicht, daß

ich

ich selbst einen und den andern ästhetischen Mangel, zumal bei einigen etwas langen Dialogen wahrnehme. Aber eben darum sage ich nochmals: Man möge die Absicht nicht verkennen, und mir am mindesten zumuthen, ich hätte den Glauben, etwa ein Meisterstük gemacht zu haben.

Den Wunsch kann ich endlich nicht verschweigen, daß Unterhaltungen dieser Art in jedem geistlichen Erziehungshause bisweilen gegeben werden möchten. Lehre in lebendiger und praktischer Darstellung wirkt doch gewiß eindringender und kräftiger, als blos theoretische Lehre im Schulbuch. Freilich ist großer Mangel an dergleichen Schauspielen, vielleicht zum Theil aus der Ursache, weil ein solches Schauspiel einige Unbequemlichkeiten beim

Be=

Bearbeiten hat, welche man bei einem Kompendium ersparen kann. Indessen freut es mich wenigstens, einen Versuch in diesem Fache unternommen zu haben, besonders darum, weil diese Arbeit meinem allgemein festgesezten Schriftstellerzwekke entspricht, welcher immer kein andrer ist und war, als welchen Cicero bestimmt: Impellimur natura, ut prodesse velimus quam plurimis.

Der
Dorfpfarrer.

Perſonen

Pfarrer.

Baron Bergkirchen, Vater.

Baron Bergkirchen, Sohn.

Wertheim, Neffe des Pfarrers.

Kriptoſophus.

Anton.   ⎫
Görge.   ⎬ Bauern.
        ⎭

Schulmeiſter.

Kaſper, Bedienter des Pfarrers.

Erster Aufzug.

Erster Auftritt.

(Zimmer des Pfarrers.)

Pfarrer, sizt im Kapotrok an einem Tische.

Kasper, bringt Frühstük herein.

Pfarrer. Was ist das Kasper, du bist ja heut in deinem Sonntagsrokke.

Kasper. Freilich Ihr Hochwürden. Es ist ja aber auch wohl der Tag darnach. Ich hab immer gern meine eigne Feste.

Pfar=

Pfarrer. Also haſt du heut auch eins dergleichen, weil die fremden Leute zu Tiſche kommen.

Kaſper. Das könnt' ich eben nicht ſagen. Wenn ich auch immer ein Feſt haben ſollte, ſo oft fremde Leute herkommen! Mein Kalender müßte da wohl lauter rothe Buchſtaben haben. Ihr Hochwürden wohnen hübſch an der Landſtraße. Ein ſolcher Pfarrer darf ſich um Gäſte wohl nie ſorgen.

Pfarrer. Und iſt mir doch deßwegen meine Pfarre nur deſto lieber. So viel mir Gott giebt, kann ich ja wohl mit meinem Nächſten theilen. Wenn ich nichts habe, ſo müſſen die Gäſte doch wieder gehen, wie ſie gekommen ſind.

Kaſper. Ich wollte, daß das oft geſchehen wär.

Pfarrer. Du biſt ein neidiſcher Menſch.

Kaſper. Kommt da mancher, kein Menſch weiß woher und wer er iſt, frißt ſich ſeinen Wanſt voll an, trinkt Ihr Hochwürden den beßten Wein weg, den wir

im

im Keller haben, wischt sich hernach das Maul ab, und lacht Ihr Hochwürden hintennach noch erst aus für den guten Willen und das gute Essen.

Pfarrer. Das mag er thun. Mir geschieht dabei kein Unglük, wenn es undankbare Menschen giebt. Alter, weißt du denn nicht, daß Undank der Welt Lohn ist?

Kasper. Das weiß ich Gottlob nur gar zu gut.

Pfarrer. Aber es ist auch keine geringe Freude, selbst Undankbaren Gutes thun. Man bringt dadurch oft einen verirrten Menschen auf den rechten Weg. Das Gute haben doch alle Leute lieb. Ein Mensch, der sich nur noch ein wenig schämen kann, wird gewiß in sich gehen, wenn er sieht, daß man seine Unbilden mit Wohlthun vergilt. Die Menschen sollten nur dieses Handwerk fleißiger treiben, so würde es mit der christlichen Liebe weit besser stehen.

Kasper. Ja ja. Das thun aber die wenigsten.

Pfar=

Pfarrer. Leider — und ich könnte dir auch sagen warum. Aber du verstehst das nicht.

Kasper. Wer weiß Ihr Hochwürden, ob ichs nicht versteh.

Pfarrer. Glaubst du? — Nun zum Beispiel — ob nicht ein großer Theil der Ursache an uns Geistlichen liegt — — Doch, von was andern zu reden, du mußt mir ja noch sagen, warum du heut so feiertagsmäßig aussiehst.

Kasper. Ich wills Ihr Hochwürden wohl sagen — weil der junge Herr heut ein geistlicher Bräutigam wird.

Pfarrer. So?

Kasper. Ich weiß ordentlich immer nicht, wie mir wird, wenn ich höre, daß jemand ein Geistlicher wird. Ich möchte vor Freuden an die Deke springen.

Pfarrer. Warum denn das Kasper?

Kasper. Kann denn dem lieben Gott etwas wohlgefälliger sein, als der geistliche Stand? Ich möchte gern, daß die ganze Welt geistlich sein sollte.

Pfar=

Pfarrer. Da würd' es wunderlich in der Welt hergehen. Du bist ja auch kein Geistlicher geworden.

Kasper. Uebel genug, daß ich in meiner Jugend ein wenig liederlich gewesen bin. Mein Vater hat mich freilich ein paar Schulen studiren lassen. Aber ich konnte nicht ruhig sitzen. Ich lief davon und in die Fremde. Der böse Feind hat mich verblendet, sonst wär ich gewiß ein Geistlicher geworden.

Pfarrer. Schieb du das nicht auf den bösen Feind. Wenn wir liederlich sind, so hat kein Mensch als wir selbst die Schuld daran. Warum hast du deinem Vater nicht gefolgt?

Kasper. Ei freilich wohl.

Pfarrer. Und sieh Kasper, vielleicht hat es Gott so haben wollen. Ohne Zweifel wärst du ein schlechter Geistlicher geworden, und jezt bist du doch ein ordentlicher und braver Diener. Der geistliche Stand ist gar ein eigner Stand. Er hat sehr schwere und große Pflichten. Wer nicht gleich in seiner ersten Jugend durch

ein

ein stilles, eingezogenes und vernünftiges
Betragen sich dazu vorbereitet, der soll in
Ewigkeit davon wegbleiben.

Kasper. Aber es ist so ein schöner
Stand. Schon das geistliche Kleid —

Pfarrer. Sieh, da redst du wieder
einmal einfältig Kasper; es reden zwar
viele Leute so. Wer heißt dich denn einen
Stand nach dem Kleide beurtheilen! Das
Kleid ist nur was werth, wenn der, der
drinn steckt, auch was taugt. Wenn ich
dir jezt einen Doktormantel umhänge und
eine große Perükke aufsetze, bist du da ein
Doktor?

Kasper. O ja, für die Gesunden,
wie viele Dokters es sein.

Pfarrer. Das Kleid hat schon gar
viele Menschen verblendet. Das sind sol=
che, die, wie man zu sagen pflegt, nicht
im Stande sind, über die Nase hinaus zu
sehen. Dergleichen Menschen sehen das
Kleid für eine spanische Wand an, hinter
die sie sich auf alle Fälle bequem verkrie=
chen können; und durch diesen Kleider=
handel geschieht es, daß so oft in einem
geist=

geistlichen Rokke ein Mensch stekt, der sich besser in den Rok eines Käsehändlers geschikt hätte. Es kommt sehr viel darauf an mein lieber Kasper, daß ein Mensch weiß, welcher Rok für ihn am besten paßt. — Aber sag mir doch, wo bleibt mein Neffe so lange?

Kasper. Er ist schon sehr früh auf die Jagd gegangen. Er wird sich das lezte mal lustig machen wollen.

Pfarrer. Du mußt sorgen Kasper, daß heut alles gut von statten geht. Ich möchte gern, daß er den lezten Tag, den er bei mir ist, so angenehm haben sollte als möglich. Du weißt, es kommen auch Gäste.

Kasper. Wer denn Ihr Hochwürden?

Pfarrer. Der alte Baron von Bergkirchen mit seinem Sohn, und der Amtmann.

Kasper. Der junge Baron könnte wohl ausbleiben; das ist ein lokkerer Zeisig. Ihr Hochwürden haben ja erst neuerlich Verdruß mit ihm gehabt.

B

Pfar=

Pfarrer. Vielleicht führt er sich heut vernünftiger auf. Einem jungen Men=schen muß man bisweilen eine Unbeson=nenheit hingehen laſſen, beſonders, wenn er eine ſchlechte Erziehung gehabt hat.

Kaſper. Aber daß die adelichen Leu=te ihre Kinder ſo ſchlecht erziehen!

Pfarrer. Das thun nicht alle. Es giebt hie und da manchen recht braven jungen Kavalier. Aber Gelegenheit macht Diebe. Solche junge Edelleute haben Geld. Sie gerathen auf den Schulen in böse Geſellſchaft; ſie werden verführt. Sieh Kaſper, du biſt doch kein Kavalier, und warſt in deiner Jugend ein liederli=cher Burſche. Merk dir das: Man muß nicht gleich über andre Leute bös urthei=len, beſonders wenn man ſelbſt nicht gar brav geweſen iſt. — Nun da kommt er ja!

Zweiter Auftritt.
Die Vorigen. Werthheim.

Pfarrer. Guten Morgen lieber Ferdinand! Wie viel Spaßen haſt du ge=ſchoſſen?

Werth-

Werthheim. O keine Spatzen, Herr Onkel. Ich habe zwei Rebhühner in die Küche gebracht, und die sollen heut gar nicht übel schmekken.

Pfarrer. Was für ein wakrer Jäger du bist.

Kasper. Mir fällt da was ein aus der Schrift, von dem Fischzug Petri. Der junge Herr wird so ein Jäger der Seelen werden, wie Petrus und die Apostel Fischer gewesen sind.

Pfarrer. Ei Kasper, du hast ja Einfälle trotz unserm Schulmeister. Was er dir für eine Prophezeiung macht Ferdinand!

Kasper. Und die wird erfüllt werden, nicht wahr junger Herr?

Werthheim. So Gott will! An meinem eifrigsten Vorhaben soll es mir wenigstens nicht fehlen.

Pfarrer. Und das ist auch alles, was der schwache Mensch thun kann. Geh Kasper, und sieh im Hause um, was zu thun ist. Du mußt heut deine alten Beine fleißig umtreiben.

Ka=

Kasper. O daran solls nicht fehlen. Ich fühle heut gar nicht, daß ich alt bin. (geht ab)

Dritter Auftritt.

Pfarrer. Werthheim.

Pfarrer. Komm, setz dich her zu mir Ferdinand! Du wirst doch noch nicht gefrühstükt haben?

Werthheim. Wirklich noch nichts.

Pfarrer. Die Jagd macht hungrig. Der Koffee wird noch warm sein. Aber Schale hast du keine. Geh in das Zimmer da, und hohl' eine. (Werthheim geht, und bringt die Schale.) — Du mußt dichs nicht verdrießen lassen, daß ich dich zu deinem eigenen Diener mache. Wir Geistliche müssen das lernen, so wie die Soldaten. Es sind hundert Gelegenheiten, wo wir keine Bedienung haben können; — und überhaupt denk' ich auch, das ist ein sehr elender Mensch, der immer von andern bedient sein will.

Werth=

Wertheim. Ich war von Kind=
heit an mein eigner Diener, und werd' es
auch in der Folge sein können.

Pfarrer. Recht lieber Ferdinand;
und sieh, man hat noch einen gar großen
Vortheil dabei: Man macht sichs immer
recht, und die Bedienten machen es uns
meistens unrecht. Doch, das bei Seite.
— Auf der Jagd wirst du Gelegenheit ge=
habt haben, über allerlei zu denken. In
der Morgensonne so, im stillen Walde,
und wenn die Lerchen und Nachtigallen so
lieblich singen, hat das Herz immer seine
besten und innigsten Betrachtungen. Da
ist dir gewiß auch dein künftiger Stand
eingefallen?

Wertheim. Wohl lieber Onkel.
Ich hatte auf der ganzen Jagd nur einen
Gedanken; und der war, der Wunsch,
recht bald in meinen Stand zu kommen,
und darinn ein rechtschaffener Mann zu
werden.

Pfarrer. Der lezte Wunsch das ist
ein schöner Wunsch. Bei dem mußt du
bleiben. Das soll der Wunsch jedes Men=
schen

schen sein, er mag werden was er will,
an jedem Morgen und Abend. Aber was
den ersten Wunsch betrift — sag mir doch,
soll ich es denn glauben, daß du deinen
Schritt recht überlegt haft.

Wertheim. Gewiß bester Onkel.
Ich fühle, daß es mein Beruf ist.

Pfarrer. Da hast du etwas ge-
nannt, wo ich wohl gern wissen möchte,
ob du dich auch selbst recht verstehst. Es
ist mit dem Beruf eine ganz eigne Sache.
Was nennst du denn Beruf?

Wertheim. Eine gewisse Bestimmung des Himmels.

Pfarrer. Und woran erkennt man
die?

Wertheim. Wenn man ein be-
sondres Wohlgefallen an einer Sache hat
— wenn man sie allen andern vorzieht.

Pfarrer. Ist das alles?

Wertheim. Ich glaube ja.

Pfarrer. Ich glaube nein. Es
geht dir da wie den meisten jungen Leuten, die immer ihren Beruf im Munde
führen. Du triffst nicht das Wahre, ob-
                                        schon

schon ich sehr erfreut bin, daß du wenig=
stens keine abentheuerliche Begriffe davon
hast. Viele Leute verstehen unter Beruf
nichts Minders, als eine unmittelbare
Prädestination des Himmels; und es giebt
Eltern, die ihre Kinder zum Beispiel zu
einem Gelehrten beruffen halten, weil sie
lesen und schreiben können. Glaube mir
Ferdinand: der wahre Beruf ist nichts an=
ders, als das sichre Bewußtsein der Fä=
higkeiten und Kenntnisse, welche man zu
einem Stande braucht, und ein so einge=
richteter Wille, daß man fühlt, man wer=
de alle Obliegenheiten und Pflichten dieses
Standes mit freudigem Gemüthe erfüllen.

Wertheim. Aber lieber Onkel,
man sagt ja, aller Beruf komme von Gott.

Pfarrer. Da sagt man sehr rich=
tig. Eben diese Fähigkeiten, diese natür=
lichen Anlagen, und dieser Wille sind ja
doch Geschenke Gottes; und unsre Bestim=
mung ist es, alles dies zu unserm Besten
und nach einem gewissen Zwek zu bearbei=
ten und anzuwenden. Du siehst hieraus,
daß diejenigen einen sehr falschen Begriff
von

von ihrem Beruf haben, welche es mit
dem bekannten Sprüchwort halten: Wem
Gott ein Amt giebt, dem giebt er auch
den Verstand.

Wertheim. Das möcht' ich wohl
nie.

Pfarrer. Gut lieber Ferdinand!
Aber es gehen oft Dinge in uns vor,
von denen wir gar nichts zu wissen scheinen. Du wirst noch viel in der Welt erfahren, an dir und an andern. Du wirst
Menschen kennen lernen, deren Beruf oft
nichts als der Geiz ist, Menschen, die jeden Stand für sich gemacht, und die alles für ihren Beruf halten, was ihnen
mehr Geld einträgt. Vor einem solchen
unedlen Geldhunger möcht' ich dein Herz
für immer sicher stellen. Laß dir doch niemal den Wunsch nach einem Amte und
einem Geschäft darum beikommen, weil
es einträglicher ist, besonders, wenn du
fühlen solltest, daß du die nöthigen Fähigkeiten dazu nicht besitzest.

Wertheim. Gewiß nicht; und
ich glaube ja auch, daß ein Geschäft, wel-
ches

ches man nicht versteht, unmöglich Freu=
de gehen kann.

Pfarrer. Wenn du das glaubst,
so hoff' ich, du wirst dich niemal vom
Geldhunger verführen lassen, ein derglei=
chen Amt zu suchen. Und noch eins!
Das Gewissen lieber Ferdinand! Mit
was für einem Gesichte kann wohl ein
Mensch vor seinem Gott, vor der Welt
und vor seinen Amtsbrüdern erscheinen,
der ein Amt usurpirt, das er einem Fä=
higeren gestohlen hat. — Es hat auch die
übelsten Folgen für den Staat. Das
Verdienst wird zurükgesezt; und wer wird
sich dann um wahre Verdienste bewerben,
wenn das Unverdienst die Belohnung da=
von trägt?

Wertheim. Das ist begreiflich.

Pfarrer. Und mein lieber Ferdi=
nand! Geld macht uns ja nicht glüklich,
zumal uns Geistliche, die wir ohnehin die
Pflicht der christlichen Mäßigkeit doppelt
auf unserm Gewissen haben. Ein stilles,
einsames Leben geziemt sich für uns. Wir
sollen ja das Licht auf dem Leuchter sein,

das

das andern den Weg zur Tugend zeigt.
O, und unser Stand hat so viele andre
und größere Freuden, daß wir des üppi=
gen Wohllebens so leicht entbehren kön=
nen. Ein Betrübter, den wir getröstet
haben; eine zerrüttete Familie, wo durch
uns der Friede wieder eingekehrt ist; ein
Armer, den wir der Wohlthätigkeit un=
srer Gemeinde empfohlen haben; ein Ster=
bender, der durch uns zur großen Reise
in die Ewigkeit vorbereitet, mit seinem
lezten erlöschenden Blik uns noch segnet,
und mit seiner kalten Hand uns noch den
lezten freundlichen Händedruk giebt — o
mein lieber Ferdinand! solche Freuden!
— laß mich weinen, denn ich habe sie
oft genossen, und Gott auf meinen Knieen
dafür gedankt.

Werthheim. Ich werde sie auch
genießen. Ich sehne mich darnach.

Pfarrer. Aber glaube nicht, daß
das so leicht ist. Freuden des Herzens
kauft man nicht so wohlfeil als die Freu=
den des Tanzes oder des Wohllebens. Man
muß sehr gut vorbereitet dazu sein. Man

muß

muß die Menschen lieben. Man muß gern arbeiten wollen, und nichts muß uns in unserm Amt ermüden und beschwerlich fallen können. — Man muß auch die Gabe besitzen, mit den Menschen liebreich umzugehen. Liebe gewinnt wieder Liebe. Ein freundliches Gesicht wirkt sanfter auf das Herz als ein trotziges.

Wertheim. Das hab ich immer gespürt. Ich spür' es auch an Ihren Lehren bester Onkel. Sie dringen mir in die Seele; aber wie oft bin ich auch bei andern Lehren eingeschlafen oder unwillig geworden

Pfarrer. Sieh, ein liebreiches Betragen gehört zu den ersten Klugheitsregeln im menschlichen Leben. Das scheinen so viele Menschen nicht zu wissen, die immmer nur schmählen und finster drein sehen. Einem mürrischen Gesicht weicht man aus; aber einem freundlichen geht man entgegen. Du darfst glauben, ein solcher Geistlicher kennt gar seinen Stand nicht, der nicht gelernt hat, freundlich sein; und ich sage immer, es ist keine

gleich=

gleichgiltige Sache, daß ein Geistlicher sich
bemühen soll, in sein Gesicht angenehme
Minen zu bringen. Es ist was erbärm=
liches, wenn jemand mit einem Scharf=
richtergesicht auf der Kanzel steht.

Vierter Auftritt.
Pfarrer. Werthheim. Kasper.

Kasper. Ihr Hochwürden, es sind
ein paar Leute aus'm Dorf braußen, der
große Anton und der alte Görge. Sie
haben Ihr Hochwürden was anzubringen.

Pfarrer. Laß sie nur hereingehen.

Kasper. Ich glaube, es muß Hän=
del abgesezt haben, denn der große Anton
knurrt immer so vor sich eins auf die Sei=
te hin wie unser Kettenhund; und der
alte Görge steht dabei, als wenn ihm die
Hühner das Brod gegessen hätten.

Pfarrer. Sag nur, sie sollen her=
ein gehen. Wir werden ja hören, was
es giebt. (Kasper geht hinaus.)

Pfarrer. Sieh Ferdinand, das ist
auch eine Folge eines freundlichen Gesichts,
daß die Leute im Dorfe alle Zutrauen zu

mir

mir haben. Wenus Proceſſe unter ihnen giebt, ſo kommen ſie wohl immer eher zu mir als zum Amtmann. Das verdrießt den freilich der Sporteln wegen, die ihm entgehen. Aber bei mir giebt es keine Sporteln und die Proceſſe werden doch ausgeglichen. Da kommen ſie freilich lieber.

Fünfter Auftritt.
Die Vorigen. Anton. Görge.

Pfarrer. Was giebts liebe Leute?

Anton. Mit Verlaub nicht viel Herr Pfarrer. Der alte Görge will mich ein wenig verklagen; und da bin ich denn mit Verlaub ſelbſt mit hergegangen.

Pfarrer. Was habt ihr zu ſagen Görge?

Görge. Wollen mich Euer Hoch= würden nur recht anhören, und ich weiß gewiß, Sie werden Erbarmen mit mir haben. Der Gevatter Anton geht auf ei= ne ſehr harte Art mit mir um.

Anton. Mit Verlaub das iſt nicht wahr Herr Pfarrer.

Pfar=

Pfarrer. Laßt ihn ausreden Anton.

Görge. Es sein nun schon über zehn Jahre wie Euer Hochwürden wissen, daß mir mein Bischen Haus und Hof abgebrannt ist. Seit der Zeit nun wohn' ich beim Gevatter Anton in seiner kleinen Miethstube. Er hat weiter kein Geld dafür verlangt; aber ich habe ihm immer in seiner Wirthschaft mit geholfen, auf seinen Aeckern und Feldern, und er hat mich wie einen Knecht brauchen können.

Anton. Mit Verlaub wie einen Knecht nicht, da war't ihr zu alt dazu.

Görge. Nu wenn auch; aber ich hab doch immer gethan und gearbeitet, was meine Kräfte zuließen. Jezt seit einem halben Jahre bin ich ein wenig mühselig geworden. Das Alter lieber Gott! ich kann nicht mehr recht zugreifen wie ich gern wollte. Aber ich habe immer so bei mir gedacht: Der Gevatter Anton wird schon Erbarmen mit dir haben; bist ja allein, denn Weib und Kinder sind dir ja schon vor Mühseligkeit ge=

gestorben — und dich wird der liebe Gott wohl auch bald zu sich abruffen.

Anton. Mit Verlaub, Erbarmen hab ich auch immer mit euch gehabt.

Pfarrer. Laßt ihn ausreden Anton!

Görge. Nun ist vor zwei Tagen ein fremder Mann ins Dorf gekommen, ich weiß wohl nicht aus welcher Stadt, ich hab den Namen vergessen — der giebt sich für einen großen Gelehrten, für einen Sternseher und Wahrsager aus — der Gevatter Anton hält große Stükke auf ihn, denn er weiß von allerlei wunderlichen Sachen zu reden —

Anton. Mit Verlaub Herr Pfarrer, das ist ein Mann, wie ich mein Tage noch keinen gesehen habe. Alle Bücher hat er gelesen die in der Welt sein. Er weiß mit Verlaub alle Sprüche aus der Bibel, und wenn er auf die Pokalipse, wie er's nennt zu sprechen kommt mit Verlaub —

Pfarrer. Von dem Manne wollen wir hernach reden. Jezt Görge erzählt nur weiter.

Gör=

Görge. Ich weiß nicht, wie das zugeht; aber der Mann will just in unserm Dorfe wohnen. Er hat nun nirgends eine Stube finden können. Da giebt ihm jezt der Gevatter Anton die meine; und ich kann nun unter Gottes freiem Himmel wohnen.

Pfarrer. Ist das wahr Anton?

Anton. Mit Verlaub ja Herr Pfarrer; und ich denke so: der Gevatter Görge findt schon im Dorfe wieder eine kleine Stube. Aber der fremde Sternseher mit Verlaub braucht eine größere; und weil ich einsehe, daß das ein Mann ist, der ordentlich vom Himmel zum Besten unsers ganzen Dorfs geschikt sein muß mit Verlaub —

Pfarrer. Anton, ich bin traurig über euch. Ich habe euch immer für einen guten und christlichen Mann gehalten; ihr habt mir manchmal Proben davon gegeben. Jezt seh ich, daß ihr der nämliche Mann nicht mehr seid.

An=

Anton. Mit Verlaub, wie so Herr Pfarrer?

Pfarrer. Ist denn das christlich, was ihr an dem alten Görge da thut? Wißt ihr was in der Schrift steht: Du sollst dem Ochsen, der dir drischt, das Maul nicht zubinden? Hat euch der alte Mann nicht Dienste geleistet? hat er euch nicht grarbeitet so lang' er konnte? Und bedenkt doch sein erlittenes Unglük.

Anton. Aber mit Verlaub Herr Pfarrer! es ist mir nur wegen dem fremden Manne, der könnte vielleicht wieder davon gehen, wenn ich ihm meine Stube nicht gebe — und er zahlt mir mit Verlaub zehn Gulden.

Pfarrer. Pfui Anton! wie ihr euch verrathet, daß der Geiz euch unbarmherzig macht. Hättet ihr mir wenigstens das nicht gesagt, so wüßt' ich doch nicht, daß ihr im Stande wäret, Blutgeld auf eure Seele zu laden. Thut was ihr wollt.

Anton. Thu ich denn mit Verlaub nicht recht Herr Pfarrer?

C   Pfar=

Pfarrer. Fragt euer Gewissen. Wenn ihr aber mich fragt, so muß ich euch sagen, daß ihr nicht gut handelt. Hab ich euch nicht so oft gepredigt von den Liebespflichten einer Gemeinde unter einander? Was für Vorzüge hat ein Frem= der, daß ein alter hiergebohrner Einsaße wegen seiner verstoßen werden soll! Aber das machen die zehn Gulden. Ihr wer= det reich werden Anton mit diesen zehn Gulden. Gottes Segen klebt ja immer an unchristlichem Gewinn.

Anton. Ach mit Verlaub Herr Pfarrer! Sie machen mir das Herz so schwer. Ich will ja nicht unchristlich han= deln. Ich will ja nicht reich werden mit den zehn Gulden mit Verlaub; es ist nur,—

Pfarrer. Und wer hat euch denn erlaubt, den Fremden bei euch wohnen zu lassen? Davon soll ja doch die Obrig= keit wissen.

Anton. Der Amtmann mit Verlaub hat ihm schon die Erlaubniß gegeben.

Pfarrer. So? — Ich sollte doch auch etwas davon wissen. — Aber daß
wir

wir zuerst mit unsrer Sache fertig werden,
was denkt ihr wohl zu thun Anton?

Anton. Ich mit Verlaub? Ich weiß
nicht — wenn ichs dem Fremden nicht
nur schon versprochen hätte —

Pfarrer. Ihr müßt bedenken, ob
das Versprechen gerecht und billig ist.
Ein unbilliges Versprechen kann man zu-
rüknehmen.

Anton. Es ist eine harte Sache
mit Verlaub. Ich möchte den Gevatter
Görge gern behalten — aber der Fremde
ist eine offenbare Gabe Gottes für unser
Dorf — ich müßte mir mit Verlaub ein
Gewissen daraus machen.

Pfarrer. Das wollen wir erst un-
tersuchen, was für eine Gabe Gottes der
Fremde ist. Ich hoffe Anton ihr werdet
euren Fehler einsehen und wieder gut machen. Jezt geht nur in Gottes Namen, und
sagt dem Fremden ich ließe ihn ersuchen,
zu mir zu kommen; ich möchte ihn gern
kennen.

Anton. Das will ich ihm schon sagen mit Verlaub. Er wird gleich kom-

C 2   men,

men, wenn er weiß, daß Sie ihn ken=
nen wollen.

Görge. Gott befohlen Euer Hoch=
würden. Der Gevatter Anton wird mich
wohl behalten. Sie haben ihm das Herz
erweicht. (beide gehen ab.)

Sechster Auftritt.
Pfarrer. Werthheim.

Werthheim. Bester Onkel, wie
bewundre ich Ihre Gabe, die Herzen der
Menschen zu gewinnen! Nun hab' ich es
wohl mit Augen gesehen, was Liebe und
Freundlichkeit auch bei rohen Leuten ver=
mag. Aber wer doch der Fremde sein
mag! Ich habe das ganze Gespräch hin=
durch so meine Gedanken gehabt.

Pfarrer. Bist du darüber noch
zweifelhaft? Wer sonst, als einer von
den vielen Abentheurern, die mit sogenann=
ten geheimen Wissenschaften im Lande her=
umziehen, den Aberglauben verbreiten
und unterstützen, und das arme Volk
durch elende Vorspieglungen ihrer Kunst
verführen.

Werth=

Werthheim. Wie vermuthen Sie das lieber Onkel?

Pfarrer. Sehr leicht, weil ich weiß, was heut zu Tage in der Welt zu geschehen pflegt. Bei dieser Gelegenheit muß ich dir wieder eine sehr nothwendige Erinnerung machen. Du kannst hieraus sehen, daß wir Geistliche uns um vielerlei Dinge bekümmern müssen, die wohl eigentlich nicht zu unserm Stande gehören. Es ist nicht genug, daß man immer nur weiß, was in unserm Dorfe geschieht. Man muß sich auch in der übrigen Welt ein wenig umsehen. Darum soll man fleißig lesen und dadurch die Denkungsart seines Zeitalters kennen lernen. Es kommen immer neue Thorheiten auf, und die Wölfe verwechseln ihre gewöhnlichen Schaafskleider auch gar oft mit andern Kleidern. Wer das nun nicht weiß, der kann gar leicht den Wölfen in die Hände fallen.

Werthheim. Dazu gehört aber sehr viel Zeit und Geld.

Pfar=

Pfarrer. Etwas wohl, aber beides kann man sich ersparen, wenn man un= nütze Dinge entbehren gelernt hat. Merk dir das lieber Ferdinand! Ein Geistlicher soll besonders mit seiner Zeit gut haus= halten; er soll sich stets einbilden, daß er ewig zu lernen hat. Wer da glauben könnte: er wisse schon alles, was zu sei= nem Stande gehört, weil er im letzten Schulexamen gut bestanden ist, der mag wohl allenfalls zu einem Miethling taugen. Aber ein Seelsorger ist er nicht. Kein Mensch lernt aus; und wir Geistlichen am allerwenigsten, denn unser Buch ist die ganze Welt.

Werthheim. So was könnte ei= nen aber muthlos machen.

Pfarrer. Warum? Man fordert von Niemand mehr, als seine Kräfte ver= mögen. Es kommt nur darauf an, daß man seine Kräfte kennt, und sie dann nicht so schlecht anwendet wie der faule Knecht im Evangelium sein Talent. Der Hauptfehler, der so oft begangen wird, ist, weil so viele glauben, man wisse

schon

schon genug, wenn man das Alte und Gebräuchliche weiß. Aber du lieber Gott, der menschliche Geist ist ja kein Mühlrad, das sich nur immer um die nämliche Axe drehen läßt. Er forscht immer weiter; er sucht neue Wahrheiten auf, und sezt die alten in ein helleres Licht. Was würdest du von einem Wanderer halten, der, anstatt in dem nahen Orte sein Nachtquartier zu suchen, auf der Landstraße sitzen bliebe, und den Unfreundlichkeiten der Nacht und des Wetters sich blos stellte?

Werthheim. Das läßt sich wohl denken.

Pfarrer. Und gerade solche Wanderer sind wir Geistliche, wenn wir glauben, in unsrer Wissenschaft sei nichts neues mehr zu erfinden, und wir wüßten schon alles, weil wir unsre Kompendien ins Gedächtniß getrieben haben. Nur ein Beispiel. Du bist jezt 23. Jahre alt. Erinnerst du dich nicht, daß man zu deiner Knabenzeit anders gepredigt hat als jezt?

Werth=

Wertheim. Allerdings ; wenigstens an manchen Orten.

Pfarrer. Und so geht es in Allem. So wie sich die Kleider ändern, ändert sich der Geschmak und die Denkungsart. Es ist ein böses Vorurtheil, das von der Eigenliebe und der Faulheit herkommt, wenn man behauptet: das Altväterische sei immer das beste. Bisweilen mag es sein. Aber wenn das Altväterische immer das beste ist, warum tragen wir Geistliche denn nicht auch solche Kleider und Bärte wie die Apostel? — Aber da ist nur Eins zu bedenken. Man muß darum nur nicht das Haus zum Fenster hinaus werfen. Man muß nicht Alles neu haben wollen. Das Neue betrügt sehr oft durch den Schein des Wunderbaren. Ein kluger Mensch bläst aber den Schein weg, und prüft hernach die Sache nach ihrem innern Werthe.

Wertheim. Der Fremde geht mir nicht aus dem Kopfe. Ich bin begierig ihn zu sehen.

Pfar=

Pfarrer. Ich nicht. Was wirst du sehen, als eine traurige Verirrnng des menschlichen Verstandes? einen Men=schen, den vielleicht nichts als die Noth antreibt, ein Betrüger des Volks zu sein? Nach den neuesten Berichten schwärmen solche Leute besonders sehr häuffig in Deutschland herum. Sie handeln mit Geheimnissen, und nähren sich von dem Fette der Einfalt und der Leichtgläubig=keit.

Werthheim. Vielleicht kommt er schon. Es klopft jemand.

Pfarrer. Herein.

Siebenter Auftritt.

Die Vorigen. Kriptosophus.

Pfarrer. Sie sind vermuthlich der fremde Herr, den ich zu mir habe bitten lassen?

Kriptosophus. Der Hochwürdi=ge Herr haben die Gnade gehabt, Ihren gehorsamsten Diener zu sich einzuladen. Ich habe daher nicht säumen wollen.

Pfarrer. Sie sind Reisender?

Kri=

Kriptosophus. Ja, unter dem Schutze des Himmels und der Elemente. Ich reise von Osten nach Westen.

Pfarrer. Vermuthlich werden Sie in hiesiger Gegend Geschäfte haben?

Kriptosophus. Ich habe deren überall wo ich hinkomme. Die ewige Vorsicht sendet mich aus als ein unwürdiges Werkzeug verborgener Weisheit und Wissenschaft. Ich soll den Kleinen, die da hungern, das Brod brechen, und ich soll die Wege denen vorbereiten, die da nach mir kommen werden.

Pfarrer. Ihre Sprache klingt ein wenig mistisch. Darf ich nach Ihrem Namen fragen?

Kriptosophus. Ich nenne mich auf höhere Weisung Kriptosophus, einen Diener geheimer Weisheit; sonst wär mein Geschlechtsname Lendenfuß.

Pfarrer. Es ist ja nicht gut, wenn man seinen Namen verändert. Das macht in die Länge Irrung im Geschlechtsregister; und die Regierung sieht es auch nicht gern.

Kri=

Kriptosophus. Hochwürdiger
Herr, das hat seine geheime Nothwendig=
keit. Im Namen liegt Kraft und Sal=
bung. Viele sind beruffen, aber wenige
auserwählt. Wer Ohren hat zu hören,
der höre!

Pfarrer. Was wird wohl Ihre
Beschäftigung hier sein?

Kriptosophus. Zu leuchten am
Firmamente der Weisheit. Es steht ja
geschrieben: Und der fünfte Engel goß
seine Schaale auf den Stuhl des Thiers
aus; und sein Reich wurde verfinstert.
Ist denn nicht Finsterniß auf der ganzen
Erde?

Pfarrer. In diesem Dorfe da läßt
doch der liebe Gott seine Sonne ziemlich
hell scheinen.

Kriptosophus. O hochwürdi=
ger Herr! Sie liegen im Irrthum. Steht
denn nicht geschrieben: Und von der sech=
sten Stunde an wurde eine Finsterniß
über das ganze Land, bis zur neunten
Stunde?

Pfar=

Pfarrer. Erlauben Sie mein Herr, daß ich Sie erinnere, Sie möchten die Sprüche der Schrift nicht so unnütz mißbrauchen. Wir Geistliche pflegen uns auf das Citiren auch ein wenig zu verstehen; und ich finde, daß Sie im Anwenden nicht recht glüklich sind.

Kriptosophus. Wie so?

Pfarrer. Lassen Sie uns einige Worte im Vertrauen miteinander reden. Sie sehen da nur einen ganz gemeinen Dorfpfarrer vor sich. Aber ich muß Sie versichern, daß ich das Handwerk sehr wohl kenne, das Sie treiben.

Kriptosophus. Ach, so sind Sie ein Auserwählter in der Weisheit? So besitzen Sie den Schlüssel Salomonis?

Pfarrer. Nein ich habe weder den Schlüssel noch die Weisheit Salomonis. Aber so viel merk' ich nur, daß Sie beider auch nicht haben. Ihr Schlüssel scheint auf die Beutel der Menschen gerichtet zu sein.

Kriptofophus. Welchen Frevel begehen Sie an mir hochwürdiger Herr!

Pfarrer. Behüte mich Gott vor so was! Aber aufrichtig mein Herr, Sie sind vermuthlich in bedrängten Umständen. Sie wollen nicht graben und zu betteln schämen Sie sich. Sie machen also den Einfältigen einen blauen Dunst vor; und wandern so von Dorfe zu Dorfe, um Ihr Leben zu fristen.

Kriptofophus. Was glauben Sie von mir?

Pfarrer. Was ich so oft erfahren habe. Sie sind nicht der erste Kriptofophus, der mir in die Hände fällt. Ich kenne euch Herren. Lassen Sie sich einen guten Rath geben. Ich habe da ein Goldstük, das ich entbehren kann. Nehmen Sie es, und reisen Sie unter Gottes Segen ein wenig tiefer gegen Westen. Denn sehen Sie, meine Bauern verstehen nichts von Ihren geheimen Wissenschaften; und mit Ihrem Wahrsagen und Sterndeuten könnten Sie ihnen nur die Köpfe verrükten, und in kurzer Zeit alles das wieder

der verderben, was ich durch so lange
Jahre und mit so großer Mühe gepflanzt
habe.

Kriptosophus. Das ist eine Be-
leidigung hochwürdiger Herr. Ich bin
ein Diener der Vorsicht.

Pfarrer. Ich auch; und Gott hat
mich zum Hirten dieser Heerde gesezt. Es
ist daher meine Gewissenspflicht, alle fal-
sche Propheten nach meinen Kräften zu
entfernen. Ich sage nicht, daß Sie ein
falscher Prophet aus Bosheit sind. Sie
sind es, wie die meisten, aus Schwärmerei und Noth.

Kriptosophus. Ich werde mich
bei dem Amtmann beklagen, dem ich schon
Schutzgeld gegeben habe.

Pfarrer. Das soll er Ihnen wieder geben. Des Amtmans Sache ist es
nicht Ihr Gewerbe so genau zu prüfen.
Aber die meinige ist es.

Kriptosophus. Ich gehe nicht von
hier. Der Amtmann muß mich schützen.

Pfarrer. Das wird er nicht thun.
Und thät' er es, so bericht' ich die Sache

an

an meinen Bischof, der doch mehr Macht
haben wird, als der Amtmann. Ich
weiß nicht, ob Sie diesen Bischof kennen.
Er ist ein großer Feind des schädlichen
Aberglaubens; er will in seiner Diözes
vernünftige Aufklärung verbreitet wissen.
Ich rathe Ihnen also, reisen Sie so bald
als möglich, und lieber heute als morgen.

Kriptosophus. Ich lasse mir
von keinem Pfaffen was befehlen. Ich
will sehen, wer mich zwingen wird. Eh!
Dathan und Abiron!

(geht ab)

Achter Auftritt.
Pfarrer. Werthheim.

Werthheim. Und diesen Menschen
lassen Sie so fort, ohne ihn für seine
Unverschämtheit zu züchtigen?

Pfarrer. Wie Ferdinand! du könn=
test über so etwas Rache empfinden? Be=
trübe mich nicht durch einen solchen Arg=
wohn. Der Mensch ist ohnehin genug zu
bedauern seiner Thorheit wegen; soll ich
ihm noch Leides zufügen? — Mehr muß
ich

ich fürchten, daß ich vielleicht Verdruß mit dem Amtmann bekomme. Der ist ein großer Freund vom Gelde.

Neunter Auftritt.

Die Vorigen. Der junge Bergkirchen.

Bergkirchen. Ah guten Morgen Herr Pfarrer! Nicht wahr ich bin zeitlich da? Aber mein Pferd läufft ärger als des Doktor Faust seines. Ich soll meinen Vater unterdessen ansagen; er wird zu Wagen nachkommen.

Pfarrer. Sein Sie mir recht willkommen Herr Baron.

Bergkirchen. Aber zum Henker sagen Sie mir doch, was war das für ein Fratzengesicht, das mir eben draußen im Hofe begegnet ist? Wird das auch von der Kompagnie sein?

Pfarrer. Nein. Es ist ein armer Mensch. Er hatte etwas mit mir zu reden.

Bergkirchen. Das ist was anders. — Nu Brüderchen wie geht dirs denn? Du siehst ja so betuft aus. Wo fehlts?

Werth=

Werthheim. Es fehlt nirgends. Ich werde schon noch lustig werden.

Pfarrer. Das sollst du auch Ferdinand. Ein freudiges Herz ist das beste Opfer, was man Gott bringen kann. Nehmen Sie es nicht übel Herr Baron, ich werde Sie bei meinem Neffen ein wenig allein lassen. Ich habe noch einiges und anderes zu thun; und dann will ich Ihrem Herrn Vater entgegen gehen. Es ist eine kleine Kommotion; und ich bethe so gern mein Brevier unter Gottes freiem Himmel, wenn die Natur so still um mich her ist. Sie glauben nicht, wie herzerhebend bei einer solchen Stille die herrlichen Psalmen Davids auf eine heitre Seele wirken.

Bergkirchen. Geniren Sie sich nicht Herr Pfarrer! Wir werden uns schon unterhalten, nicht wahr Brüderchen! Wir haben ohnehin noch eine Menge mit einander zu plaudern.

Pfarrer. So leben Sie wohl. Sie thun mir doch den Gefallen Herr Baron,

D   und

und machen heut keinen Streich wie nächst=
hin. Sie würden Ihren Vater betrüben.

Bergkirchen. Fürchten Sie nichts.
Ich bin heut fromm wie ein Kind.

(Pfarrer geht ab.)

Zehnter Auftritt.
Werthheim. Bergkirchen.

Bergkirchen. Es ist recht gut, daß
wir allein sind. Nun zum Henker, sag
mir doch, wo fehlts denn? Du siehst ja
aus wie die lebendige Meditation.

Werthheim. Und bin doch recht
froh in meinem Innersten. Muß man
denn lärmen, um lustig zu sein?

Bergkirchen. Ein wenig doch;
und je toller je lieber. Zwar du bist im=
mer so eine Schlafmütze gewesen. Wenn
wir andern gefahren und geritten sind,
bist du zu Hause gesessen bei deinen ver=
wünschten Büchern. Ich hätt dich oft
prügeln mögen.

Werthheim. Und sieh Baron, ich
hab nichts dabei verlohren; vielleicht gar
gewonnen.

Berg=

Bergkirchen. Den Henker auch!
Daß du ein Hipochondrist geworden bist,
und ein Bücherwurm, todt für jedes Ver=
gnügen wie eine alte Bethschwester.

Wertheim. Ich sage dir ja, ich
bin gern vergnügt und lustig, und bin es
auch jezt. Aber muß ich denn auf dem
Kopfe gehen, oder mich auf der Erde
wälzen, damit du es glaubst.

Bergkirchen. Ah, was hilft das?
Mit dem stillen Lustigsein ist mir nicht ge=
dient. Ich hab heut was vor, und das
deinetwegen. Du sollst zu guter lezt ein
wenig Spas haben. Du sollst Haus vor
Haus mit mir im Dorfe herumgehen.
Wir wollen die Mädels ein wenig scheren.

Wertheim. Ich möchte wissen,
wozu die Narrheit dienen sollte. Ich bin jezt
in die vierte Woche hier, und habe mich
in acht genommen, jemand Gelegenheit zu
Beschwerden zu geben; und jezt den lezten
Tag sollte ich den Leuten Verdruß machen!

Bergkirchen. Desto besser; so den=
ken sie um so länger an dich. Wenn man
wo recht lang im Andenken bleiben will,

so muß man die Fenster einschlagen, jemand zum Krüpel prügeln, oder das Haus anzünden. Das Böse merken sich die Leute immer besser als das Gute.

Werthheim. Du bist nicht gescheidt.

Bergkirchen. Und hernach das Renomme in das man sich sezt. Das ist ein Blitzkerl, heißts überall, dem ist nicht zu trauen, der weiß Streiche zu machen! Und dabei hat man allerlei von sich zu erzählen, wenn man in Gesellschaft ist, besonders wenn man einmal alt wird. Von was reden denn unsre Alten am liebsten? Von ihren Jugendstreichen; und sie würden uns gewiß das tolle Zeug nicht mit so großem Wohlgefallen erzählen, wenn sie nicht wollten, daß wir es ihnen nachmachen sollen.

Werthheim. Als wenn gerade das die Ursache sein müßte.

Bergkirchen. Weißt du eine andere? etwa um uns daran zu spiegeln und ein heilsames Exempel davon zu nehmen? O du lieber Gott! mit solchen

Exem-

Exempeln! Geh du mit deinen Ernsthaf=
tigkeiten. Ein närrischer Kerl muß man
in der Welt sein, wenigstens so lange als
man jung ist. Die Jugend muß austoben.

Wertheim. Sag mir doch, kön=
nen wir denn von nichts Vernünftigem
reden?

Bergkirchen. O ja. Du weißt,
ich bin überall zu Hause. Also von etwas
Vernünftigem! — Wie weit ist die Son=
ne von der Erde entfernt?

Wertheim. Du bist heut nicht
klug.

Bergkirchen. Nun zum Henker,
das ist doch eine recht vernünftige Mate=
rie! Von etwas zu reden wovon man
nichts weiß? — Das ist ja eben eure
Sache ihr Herren Gelehrten! — Doch —
ich will denn ernsthaft mit dir reden, oder
vernünftig wie du es nennst. Ich habe
ohnehin so einige Dinge auf der Nadel. —
Sag mir doch Brüderchen, welcher böse
Geist dir den einfältigen Gedanken einge=
geben hat, ein Pfaffe zu werden?

Werth=

Werthheim. Du weißt, daß ich kein Freund von pöbelhaften Ausdrükken bin. Hast du je gehört, wenn ich von Leuten deines gleichen gesprochen habe, daß ich mich des Ausdruks Müßiggänger bedient hätte?

Bergkirchen. He, Brüderchen, du bist fein.

Werthheim. Fein ist doch besser als grob.

Bergkirchen. Nu ich merke schon, was dir auf die Nerven gefallen ist. Du kannst den Pfaffen nicht leiden.

Werthheim. Vielleicht nicht; aber ich versichre dich, nicht wegen meiner oder wegen dem ganzen geistlichen Stande. Wird denn eine Sache darum schlecht, weil man ihr einen schlechten Namen giebt? Es ist mir mehr wegen deiner und wegen jedem, der pöbelhafte Ausdrükke gebraucht. Ein unverdienter Schimpfnamen beschimpft nie den, welchem er gegeben wird, sondern den, welcher ihn giebt.

Bergkirchen. Bravo Herr Orator! Kerl, du wirst ein perfekter Prediger

ger werden. Wie dir das vom Maule
geht! und was für ein pädagogisches
Gesicht du dazu zu schneiden weißt! —
Nu ich sehe schon, daß ich mit meiner
Frage hätte ausbleiben können. Du haft
den wahren Beruf zu einem Geistlichen,
ein gutes Maul.

Werth e i m. Da müßte doch wirk=
lich an dir ein tüchtiges Subjekt für den
Klerus verdorben sein. Aber du irrst
dich. Die Plauderer machen immer ihr
besseres Glük in den Visitzimmern, bei
den Toiletten der Damen, und bei allen
leeren Köpfen in der großen Welt. Wir
Geistliche müssen viel denken; aber ein
rechter Erzplauderer, weißt du wohl, denkt
höchstens alle halbe Jahr einmal ein ver=
nünftiges Wort.

Bergkirchen. Du Brüderchen!
Du kommst mir ja mit einer verzweifelt
gesalzenen Lauge übers Leder. Ueber den
Spitzkopf! Aber es thut nichts. Von
dir leid' ich schon etwas; und wenn eine
Impertinenz nur witzig gesagt ist, so bin
ich allenfalls darüber hinaus. Nur wirst
du

du mir erlauben, gleiches mit gleichem zu vergelten; — und so sag ich dirs noch einmal frei ins Gesicht, daß du ein Narr bist mit deinem Geistlichwerden.

Wertheim. Das mag wohl sein, denn im Grunde sind wir doch alle Narren in der Welt, und nur durch die Art der Narrheit verschieden. Zum Beispiel wir beiße. Du bist ein Narr, weil du nie was Rechtes werden willst; und ich, weil ich lieber etwas gelernt habe, da ich doch viel bequemer hätte müßig gehen können.

Bergkirchen. Mit dir ist heut nicht auszukommen. Du bist auf alle Hasen mit drei Kugeln geladen.

(Kasper kömmt herein, will das Koffeegeschirr hinaus tragen, macht sich aber dabei zu thun, und ist von der Seite auf das Gespräch aufmerksam.)

Bergkirchen. (fährt fort) Aber wahr bleibt darum doch wahr. Sag mir doch um Gotteswillen, was ist denn ein Geistlicher heut zu Tage? kein Mensch hat ja nur ein Bischen Respekt vor ihm.

Werth=

Werthheim. Der Respekt macht eben noch nicht glüklich, Doch wenn es so ist, wer hat ihm denn den Respekt genommen? Vernünftige Leute doch nicht? denn die wissen sehr gut, wie nothwendig der geistliche Stand in einem wohleingerichteten Staate ist. Solche Leute haben sehr große Achtung vor diesem Stande, und sie klagen hächstens nur gegen Misbräuche wenn sie klagen; aber den Respekt benehmen sie nicht. Also an wen käme denn die Reihe des Respektbenehmens? Ich glaube wohl, an gewisse Pflastertreter, die gern wie Freigeister und Philosophen aussehen möchten.

Kasper. (bei Seite) Das war recht.

Bergkirchen. Ei ei! wie kommst du doch auf die Freigeister! Zwar das ist jezt eine Sache ex officio für dich, daß du auf diese Jagd machen mußt.

Werthheim. Glaub du das nicht. Es ist eine erbärmliche Arbeit, sich mit solchen Leuten abzugeben, denn die meisten sind das lebendige Ebenbild der äsopischen

pischen Larve, ein großes Maul und blut=
wenig Verstand. Was kann es für eine
Freude sein, mit solchen Mittelbingen von
Philosophen und Narren sich zu bemengen!
Ihre Beweise sind Kalumnien. Ihre Ge=
lehrsamkeit besteht in einigen Dutzend ge=
hässiger Histörchen aus der alten und
neuen Zeit. Sie glauben nichts, weil
das Glauben meistens Verstand und Nach=
denken fordert. Sie machen alles lächer=
lich, weil sie sonst allein die lächerlichsten
Geschöpfe auf Gottes Erdboden sein wür=
ben.

Bergkirchen. Zum Henker Brü=
derchen, du gehst ja gottlos mit den ar=
men Freigeistern um. Ich bin froh, daß
ich nicht darunter gehöre; denn deßwegen
wirst du mich doch zu keinem machen, daß
ich auf das Geistlichwerden nichts halte,
denn ein Geistlicher ist doch gar nichts in
meinen Augen; der ist ein Narr und ein
Esel, der heut zu Tage —

Kasper. Tausend sikkerment! Reden
Sie nicht aus, oder ich werde Ihnen —

Berg=

Bergkirchen. Verdammter Kerl, was unterstehst du dich —

Kasper. Brauchen Sie mores Herr in einem geistlichen Hause, wenn Sie von Geistlichen reden —

Wertheim. Still Kasper!

Bergkirchen. Wart alter Esel! Du sollst — (hebt die Reitpeitsche auf)

Wertheim. (hält beide auseinander) Schweig Kasper.

Kasper. Nein ich werde nicht schweigen. Ich werd' es dem Herrn Pfarrer sagen — es ist eine Sünde und eine Schande —

Bergkirchen. Wart ich will dich besünden und beschanden! (schlägt auf ihn los)

Wertheim. Baron!

Kasper. Zu Hilfe!

Bergkirchen. Schrei du den Henker zu Hilfe! (Kasper laufft hinaus, Bergkirchen ihm nach)

Wertheim. (Ebenfalls nachgehend) Da ist der Katzentanz wieder fertig.

Zwei=

Zweiter Aufzug.

Erster Auftritt.

Alte Baron. Pfarrer (kommen herein.)

Pfarrer. So sein Sie mir denn recht von Herzen willkommen in meinem Hause Herr Baron! Mein Neffe soll sich eine besondre Ehre daraus machen.

Baron. Nur nicht so viele Umstän=de Herr Pfarrer. Wir sind ja alte gute Freunde und Nachbarsleute. Und rund weg zu sagen, es steht Ihnen auch nicht recht zu Gesichte das Komplimentiren Herr Pfarrer. Ich hab wohl dergleichen Herren gekannt, die das Reverenzen und Schar=wenzen trotz jedem parfümirten Stadtstutzer verstanden haben. Aber Sie Herr Pfar=rer müssen sich damit ja Ihr Brod nicht ver=

verdienen wollen. Sie haben alles ein zu
ehrliches Geſicht.

Pfarrer. Wollen Sie wenigſtens
Platz nehmen Herr Baron?

Baron. Es iſt mir noch nicht gele=
gen zu ſitzen. Ich halte das Sitzen im=
mer für eine gar harte Arbeit; drum be=
daure ich euch Gelehrten gar oft. Zwar
was euch Pfarrer betrift, ſo hat doch der
liebe Gott geſorgt, daß ihr nebenbei ein
wenig Leibesbewegung haben könnt mit
eurer Wirthſchaft.

Pfarrer. Das iſt wohl wahr.

Baron. Und was ich ſchon auf dem
Wege geſagt habe — in der That, es iſt
eine Freude, Ihre Felder anzuſehen. Es
ſteht alles da wie eine gemahlte Land=
ſchaft. Man ſieht gleich, wer Liebe zu
einer Sache hat, und wer ſein Handwerk
verſteht. Nicht wahr, Ihre Wirthſchaft
iſt Ihnen doch um wer weiß was nicht
feil?

Pfarrer. Ihnen Herr Baron ma=
che ich kein Geheimniß daraus. Ich liebe
wirklich meine Wirthſchaft recht ſehr. Es

iſt

ift fo ein gewiffes patriarchalifches Gefühl, mit dem man feine Aekker und Wiefen be= trachtet. Ich denke mich immer fo in die Zeiten der guten Altväter, wenn ich auf meinen Feldern herumgehe, und fo bei mir überlege: Siehe, Gottes Segen quillt ja doch am reichften und herrlichften aus der lieben Mutter Erde.

Baron. Recht Herr Pfarrer. Wir Landleute find im Stande das zu fühlen; die Herren in der Stadt wiffen davon nichts. Man fpürt das an ihren Reden. Es war ja gar daran — warten Sie, wo hab ich denn das neulich erft gehört — daß man euch Geiftlichen alle Wirthfchaf= ten wegnehmen will.

Pfarrer. Ich weiß, es wird da= von gefprochen.

Baron. Es war dort, wo eben die Rede drauf fiel, ein entfetzlich kluger Menfch dabei; man nannte ihn glaub' ich einen Gelehrten oder was es fonft war. Mir kam er vor wie ein Projektant, der alle Berge eben machen will. Der hat fich nun ganz fchreklich das Maul zerriffen

über

über die Schädlichkeit und Unziemlichkeit der Landwirthschaften für Geistliche. Er meinte, die Religion könne keine dreißig Jahre mehr bestehen, wenn die Geistlichen noch länger ihre Wirthschaften behielten. Sagen Sie mir doch, denn im Grunde versteh ich die Sache nicht recht, ich habe nie genau darüber nachgedacht, was hal= Sie von der ganzen Affär? Ich weiß, daß Sie nicht nach Ihrem Nutzen reden werden.

Pfarrer. Ich kann sagen, daß ich viel darüber nachgedacht habe, und ich halte das davon. Der Geistliche gehört freilich eigentlich nirgend hin, als auf die Kanzel, an den Altar, in den Beichtstuhl, und in die Studier = und Krankenstube. Aber ich glaube, daß ein Geistlicher darum auch noch sonst wohin gehören kann und muß, wenn man nicht eine Maschine oder einen Hipochondristen aus ihm machen will. Immer ist man doch nicht in jenen Ge= schäften; auch will der Geist bisweilen ei= nige Aufheiterung und das Herz eine stille Freude. Wo soll aber das der Geistliche her=

hernehmen? Umgang hat er so selten,
außer den, wozu ihn sein Amt verbindet,
nämlich mit seinen Bauern. Oder hat er
ihn auch, so ists meistens das Ende vom
Liede, daß man spielt, ißt, trinkt — und
so weiter. So was aber freut doch nicht
jeden, und aufrichtig zu reden, es soll
keinen freuen.

Baron. Das ist ein wenig streng
Herr Pfarrer.

Pfarrer. Aber sehr billig und noth=
wendig. Alles Ding in der Welt, was
wir oft thun, wird nach und nach zur
Gewohnheit. Sie werden sagen: man
soll Alles mit Mäßigkeit thun. Erlauben
Sie aber, das ist nichts gesagt. Die
goldne Mittelstraße, die in so vielen Bü=
chern steht, ist in der wirklichen Welt noch
gar nicht entdekt worden. Die wahre
Mäßigkeit ist, den Anfang vermeiden.
Wer einmal etwas zu thun angefangen
hat, der gleicht einer Windmühle, die so
oft umgetrieben wird, als der Wind geht.
In der Windmühle selbst ist keine Kraft
mehr dem Winde zu widerstehen, wenn er
ein=

einmal bläst, außer wenn etwas daran zerbricht. Das ist der Fall bei alten und kranken Menschen.

Baron. Es scheint also, daß Sie es mit den Wirthschaften halten.

Pfarrer. Unter gewissen Beding= nissen wirklich. Einmal glaube ich, daß Landwirthschaften das unschuldigste und fruchtbarste Vergnügungsmittel für einen Geistlichen sind. Die Natur ist und bleibt ewig mannigfaltig und schön für den, der Sinn für ihre herrlichen Werke hat. O und mit welcher Rührung, mit welchem dankbaren Herzen und mit welcher Freude genießt man nicht eine Frucht, die man selbst gepflanzt, gewartet und zur Reife gebracht hat!

Baron. Das ist wahr. Um so ein Vergnügen gebe ich wer weiß was.

Pfarrer. Und dann sind Landwirth= schaften die besten Aerzte für einen Geist= lichen. Bewegung und körperliche Arbeit ist uns nöthiger als irgend einem Men= schen in der Welt. Wir könnten freilich außerdem auch reiten und spazieren gehen.

E

Aber

Aber da fällt einem zu oft bei, daß man seine Zeit verschleudert, indessen man bei seinen Wirthschaftsgeschäften weiß, daß man zu seinem Nutzen arbeitet.

Baron. Gut gesagt Herr Pfarrer; das ist alles so wahr und klar wie die Sonne am Himmel. Aber es müssen doch einige Haken dabei sein, daß man die Sache für schädlich halten kann.

Pfarrer. O es fehlt daran nicht. Misbräuche giebts überall. Der größte, wovon unsre Aufklärer und Reformatoren nicht ganz mit Unrecht soviel Geschrei machen, ist, daß man Beispiele gesehen haben will, wie manche Pfarrer ehe einem Bauer und Knecht als einem Geistlichen ähnlich waren. Der Eigennutz ist freilich ein böser Gast, und die Noth auch. Darum geschieht es, daß mancher Pfarrer sechs Tage auf dem Felde und in seinem Stalle wohnt, und nur den siebenten in der Kirche.

Baron. Da weiß ich selbst Beispiele Herr Pfarrer.

Pfar=

Pfarrer. Wer weiß sie nicht! Aber
das thun doch gewiß nur wenige, und
vielleicht auch diese wenige nur aus Noth.
Bringt es denn aber nicht die Billigkeit
mit sich, daß man den Unschuldigen nicht
mit dem Schuldigen leiden lassen soll? —
Doch — ich muß wirklich um Verzeihung
bitten Herr Baron — ich schwätze Ihnen
da ein Langes und Breites von meiner
Wirthschaft vor, und vergesse, daß mein
Neffe Sie noch nicht bewillkommt hat.

Baron. Schon wieder Umstände!

Pfarrer. Was sich schikt, das muß
sich schikken Herr Baron. Der junge Mensch
muß seine Schuldigkeit beobachten. Wo
er sich nur herumtreiben mag. Kasper! —
Vermuthlich ist er wohl bei Ihrem Sohne.

Baron. Eben recht. Rathen Sie
mir doch, was ich mit dem Buben ma=
chen soll. Ich habe große Sorge mit ihm.

Pfarrer. Wir müßten da viel drüber
reden. Kasper!

Baron. Kost mich der Bursche so
ein schweres Geld — ich hätte ein Dorf
drum kauffen können — und sizt mir der
E 2   Tau=

Taugenichts nun auf dem Halse, und
stiehlt dem lieben Gott den Tag.

Zweiter Auftrit.

Die Vorigen. Kasper (mit verbunde= nem Kopfe.)

Kasper. Was schaffen Ihr Hoch=
würden?

Pfarrer. Was treibst du denn mit
deinem Kopfe Kasper? Du willst uns doch
heut nicht eine Maskerade machen?

Kasper. Die Maskeraden sind ja
sonst zum Lachen; die meinige ist aber
gar nicht darnach.

Pfarrer. Wo fehlts denn? so rede!

Kasper. Ich hätte gern die Binde
Binde sein lassen. Aber was zu viel ist,
ist zu viel. Ich würde einen schönen Auf=
zug machen mit meinen blauen Flekken
und mit meinen Löchern im Kopfe.

Pfarrer. Sieh, das hast du davon
mit deinem Lauffen und Treiben. Du bist
sicher mit einem Armvoll Teller über die
Stiege herunter gefallen.

Ka=

Kasper. So ein Esel werd' ich doch nicht sein Ihr Hochwürden an so einem Tage. Es ist ganz was anders.

Baron. So sprich Kasper. Vielleicht können wir dir helfen.

Kasper. Euer Gnaden können mir freilich helfen und nicht helfen. — Euer Gnaden Herr Sohn —

Baron. (haftig) Nu mein Sohn? Heraus Kasper! Was hat mein Sohn?

Kasper. Geschlagen hat er mich wie einen Hund!

Baron. Kreutzelement! hören Sie's Herr Pfarrer? der gottlose Bube! — Sag mir alles Kasper, haarklein! Warum hat er dich geschlagen?

Pfarrer. (bei Seite zu Kasper) Du bist ein unbesonnener Mensch! hättest du nicht schweigen können! Schäm dich alter Plauderer!

Baron. Reden Sie ihm nichts ein Herr Pfarrer! Er soll alles sagen. Ich muß alles wissen. Nu Kasper?

Kasper. Gott weiß, ich würde nichts sagen — aber mein Gewissen —

ei=

eine solche Gottlosigkeit muß an's Tag=
licht kommen.   Der junge Herr ist Zeu=
ge — sie waren da im Zimmer beisammen
und hatten allerlei mit einander zu reden.
Ich mußte herein gehen und das Koffee=
geschirr hinaus tragen.   Da waren sie
eben über die Geistlichen her, und der
junge Herr hat Sachen gesagt, daß ich
ordentlich glaubte, der böse Feind müßte
ihn auf der Stelle in die Lüfte hohlen —
Da konnt' ich mich nicht mehr halten; ich
sagt' ihm, er sollte nicht so gottlos re=
den — und da hab' ich nun meine Löcher
im Kopfe.

Pfarrer. Recht ist es dir gesche=
hen alter Knabe! Wer heißt dich in frem=
de Gespräche drein reden.

Baron. Nicht so Herr Pfarrer! behü=
te Gott nicht so.   Geh Kasper! du sollst
geheilt werden.   Du sollst reichliches Blut=
geld bekommen.   Geh!

Kasper. Thun Sie ihm nichts gnä=
diger Herr! aber nur so reden soll er
nicht mehr; es ist mir um seine arme
Seele.

Pfa=

Pfarrer. (bei Seite) O Einfalt! welch Unheil kannst du stiften!

Baron. Geh, sorg dich um nichts.
(Kasper geht)

Dritter Auftritt.
Baron. Pfarrer.

Baron. Haben Sie's nun gehört was für eine Wetterbube das ist!

Pfarrer. Sie nehmen die Sache wichtiger als sie ist.

Baron Sagen Sie mir das nicht. Ich weiß wie ichs zu nehmen hab. Er hat so ein gottloses Maul, der Esau der. Und in einem fremden Hause, einen armen Teufel fast todt prügeln! Nu wart Bursche! du sollst mich kennen lernen. Ich enterb' ihn Herr Pfarrer so wahr. —

Pfarrer. Um Gotteswillen reden Sie nicht aus. Mäßigen Sie Ihre Hitze Herr Baron. Sie werden ungerecht. Ich läugne es ja nicht, daß Ihr Sohn einen großen Fehler begangen hat. Aber bedenken Sie die Umstände! Hätte der dum=
me

me Mensch sein Maul gehalten, so wär
alles gut gewesen.

Baron. O es ist nicht der erste
tolle Streich den er anfängt. Ich muß
einmal ein Exempel statuiren. Der Wild=
fang soll einmal zu Kreutze kriechen ler=
nen. Reden Sie mir nichts ein Herr Pfar=
rer. Ich bin nicht hitzig; ich werde mir
Zeit nehmen zu überlegen.

Pfarrer. Sparen Sie wenigstens
die Sache bis nach Hause. Es wär eine
zu große Beschämung für ihn —

Baron. Das soll es sein, grade das
will ich. Kann der Bube bei fremden
Leuten ein Stänker sein, so soll er auch
bei fremden Leuten Buße thun. Lassen
Sie mich nur machen. Ich will ein we=
nig ins Freie, damit ich kalt werde; dann
such' ich ihn auf, und wenn ich ihn
finde —

Pfarrer. Bleiben Sie Herr Ba=
ron — ich bitte Sie —

Baron. Nein — lassen Sie mich
fort. Sie werden mich doch für kein
Kind halten — ich bin Vater —

Pfar=

Pfarrer. Nur zürnen sollen Sie
nicht — eben bedenken sollen Sie, daß
Sie Vater sind.

Baron. Alles schon bedacht Herr
Pfarrer, sehr wohl bedacht. Sie werden
schon sehen. Nun adieu! (geht schnell ab.)

Vierter Auftritt.
Pfarrer allein.

— Vatersorge ist doch eine schwere
Sorge — zumal bei ungerathenen Kin=
dern! Guter Alter, ich möchte nicht an
deiner Stelle sein. — Dein Sohn macht
dir Kummer; aber wer sonst als du hat
die Schuld davon. Geld allein erzieht
doch keinen jungen Menschen zu einem
rechtschaffenen Manne. Warum hast du
sonst nichts auf ihn gewendet als Geld? —

Fünfter Auftritt.
Kasper. (kommt langsam herein, und
kniet vor dem Pfarrer nieder.)

Kasper. O Ihr Hochwürden, ich bitte
um Gottes Willen um Verzeihung! Sie
sind böse auf mich.

Pfar=

Pfarrer. Steh auf. Wo hast du die alberne Gewohnheit gelernt, vor Menschen zu knieen?

Kasper. Ich habe gefehlt. Verzeihen mir nur Ihr Hochwürden. Ich will nie mehr mein Maul in fremde Dinge stekken.

Pfarrer. Schäm dich Alter, daß du so dumm, daßdu so unchristlich sein kannst. Was hilft dein Bitten und meine Verzeihung, jezt, da schon das Uebel geschehen ist. Konntest du dich nicht in dein Bette legen und die Sache mir im Stillen sagen? Mußtest du einem alten Manne und einem ohnehin betrübten Vater einen so unvermutheten Verdruß machen?

Kasper. O du lieber Gott!

Pfarer. Das wird nun ein schöner Freudentag werden. Du hast alles gestöhrt. Vater und Söhn sind entzweit. Gott weiß wann sie wieder versöhnt werden. Mich hast du um ein Vergnügen gebracht, das vielleicht das lezte meines Lebens sein sollte.

Ka=

Kasper. Ich sterbe vor Angst Ihr Hochwürden.

Pfarrer. Und warum das alles? Aus einem unbesonnenen Eifer für eine Sache, die dich nichts angeht. Wer hat dich zum Vertheidiger der Geistlichen bestellt? Sieh da die Strafe deiner Einfalt und deines bösen Herzens.

Kasper. Um Gottes Willen Ihr Hochwürden! ich hab ja nicht boshaft sein wollen.

Pfarrer. Das ist die größte Bosheit, ohne alle Ursache Zank und Unfrieden unter Eltern und Kindern stiften. Also nicht einmal so viel hast du in meinem Hause lernen können, eine Unbilligkeit zu verzeihen, die du noch obendrein verdient hast; — und bist doch schon zwölf Jahre bei mir! — Wir müssen uns trennen Kasper! Du hast keine Liebe zu mir — was sag' ich — du liebst Gott nicht, denn du hast keine Nächstenliebe —

Kasper. Ich sinke noch in die Erde. Barmherzigkeit Ihr Hochwürden —

Pfar=

Pfarrer. Ich werde mir die ganze Sache von meinem Neffen erzählen lassen. Ich kann mir's schon einbilden. Du wirst grob gewesen sein, denn ihr einfältigen Leute glaubt immer mit Grobheiten Gott einen Dienst zu erweisen. Ihr wollt andre immer nur mit Stokprügeln und geballten Fäusten selig machen.

Kasper. Ein wenig grob bin ich freilich gewesen.

Pfarrer. Ich kenne schon die Gewohnheit von eures Gleichen. Ihr macht es gar gern wie jener, der seinem Nachbar einen gewissen Glaubensartikel dadurch zu beweisen suchte, daß er ihm eine dikke Bierflasche ins Gesicht schlug.

Kasper. Aber verzeihen Sie mir nur Ihr Hochwürden.

Pfarrer. Geh! ich höre Jemand kommen. Ich werde noch mit dir reden.

Sechster Auftritt.
Die Vorigen. Werthheim.
Pfarrer. Bist du endlich da?

Werth=

Werthheim. Ich will Ihnen nur in Eil sagen, daß ich so eben den Amt=man mit dem fremden Sterndeuter gegen den Pfarrhof zu habe kommen gesehen.

Pfarrer. Da werden wir einen neuen Auftritt haben. Wo ist denn der junge Baron geblieben?

Werthheim. Er hat sich auf sein Pferd gesezt, und ist davon geritten. Er sagte, er müsse sich ein wenig zerstreuen.

Pfarrer. Es sind schöne Sachen vorgefallen. Ich bin nicht wohl mit dir zufrieden, daß du den alten Knaben da nicht besser im Zaume gehalten hast.

Werthheim. Ich wußte nicht. —

Pfarrer. Freilich, du glaubtest, ein grauer Kopf gehöre auf keinen Jünglings= hals. Aber du hast dich geirrt. Es giebt Köpfe, die nicht klug werden, und wenn sie so grau sind, wie das Thier Bileams.

Kasper. Das soll mich angehen.

Pfarrer. Laß uns allein.

Kasper. (Im abgehen) Daß ich doch gewiß künftig mein Maul besser hal= ten werde. (geht ab.)

Sie=

Siebenter Auftritt.
Pfarrer Werthheim.

Pfarrer. Ich fürchte sehr unange=
nehme Dinge, wenn der junge Baron
zurükkömmt. Sein Vater ist äußerst auf=
gebracht.

Werthheim. Vielleicht, daß Ihre
Zusprache ihn besänftigt. Der junge scheint
auf Alles gefaßt zu sein.

Pfarrer. Er soll sich in acht neh=
men. Ich sah den Alten noch nie so. Im
Grunde kann er auch fast nicht anders.
Es ist vielleicht eine gute Gelegenheit,
dem jungen Menschen den Kopf zurecht
zu setzen. Ich glaube die beiden kommen.
Halte du dich ganz still bei der Sache.

Achter Auftritt.
Die Vorigen. Amtmann. Kripto=
sophus.

Pfarrer. Sehr willkommen Herr
Amtmann! Ich bin erfreut, daß Sie mei=
ne Einladung —

Amtmann. Gehorsamer Diener. Ich
wollte, daß es bei der Einladung geblie=
ben

ben wår. Ich habs Ihnen noch niemal
abgeſchlagen. Aber dasmal kommt noch
etwas andres dazu,

Pfarrer. Was denn Herr Amt=
mann?

Amtmann. Sie werden wiſſen,
daß es etwas anders iſt, in Amts=
geſchäften miteinander reden, und etwas
anders in charitate amicali.

Pfarrer. Freilich wohl.

Amtmann. Ich habe mich über
Sie zu beſchweren Herr Pfarrer. Sie
miſchen ſich in Dinge, die Sie nichts an=
gehen.

Pfarrer. Das iſt doch meine Sa=
che nie geweſen.

Amtmann. Davon wär nun wohl
gar viel zu reden. Wir kennen einander
ſchon länger; es hat ſchon mehrmalen die
Rede davon gegeben. Ein jeder weiß,
was er zu thun hat, und ein jeder kehrt
vor ſeiner Thüre.

Pfarrer. Allerdings. Da hat man
ſein Haus immer ſauber und rein.

Amt=

Amtmann. Es kommt jezt der Fall vor, daß Sie diesem fremden Herrn da verbieten wollen, in unserm Dorfe seine Wohnung aufzuschlagen.

Pfarrer. Etwas ist wahr daran. Ich habe ihm ernsthaft gerathen, seinen Stab weiter zu setzen.

Amtmann. Und warum das, wenn ich fragen darf?

Pfarrer. Kennen Sie diesen Herrn?

Amtmann. Was brauch' ich alle Leute zu kennen. Ich weiß was meines Amtes ist. Wer meiner Herrschaft Schutz= geld zahlt, der kann auch da wohnen.

Pfarrer. Diese Regel wird doch eine und die andre Ausnahme haben?

Amtmann. Keine andre, als was die Schelme und Spitzbuben betrift.

Pfarrer. Das bei Ihnen. Aber ich habe noch manche andre Ausnahme.

Amtmann Ich möchte aber doch wissen, wer Ihnen das Recht dazu giebt. Dergleichen Dinge gehen ja Sie gar nichts an.

Pfar=

Pfarrer. Glauben Sie das nicht. Einen Seelsorger gehen gar viele Dinge an, wovon gewisse Leute nichts zu wissen scheinen. Sie sagten ja vorhin selbst: Sie wüßten was Ihres Amtes sei. Das weiß nun wohl ein jeder, oder soll es doch wenigstens wissen. Ich meines Orts weiß es sehr gut.

Amtmann. Wie kommt denn Ihr Amt mit fremden Insaßen zusammen?

Pfarrer. Sehr leicht, wenn mein Amt gegen solche Insaßen etwas einzuwenden hat.

Kriptosophus. Hören Sie. —

Amtmann. Still unterdeffen! Laß der Herr mich reden. Und haben Sie denn wider diesen Fremden etwas einzuwenden?

Pfarrer. Sie fragen mich, und haben meine erste Frage noch nicht beantwortet, ob Sie nämlich diesen Herrn kennen?

Amtmann. Was brauch' ich das! was geht das mich an.

Pfarrer. Erlauben Sie mir gradezu zu sagen: So reden Sie wirklich

F nicht

nicht, wie es Ihres Amtes ist. Die Po=
lizeiregeln schreiben es doch sehr streng
vor, bei jedem Fremden eine genaue Unter=
suchung anzustellen.

Amtmann. Das brauchen Sie mich
nicht zu lehren.

Pfarrer. Das will ich auch nicht,
aber nur erinnern. Also noch einmal,
für was halten Sie diesen Herrn?

Amtmann. Nu — für einen ehr=
lichen Mann, der auf Reisen ist — der
Geschäfte treibt — er hat mir ja ein gro=
ßes Attestat mit einem großen Siegel ge=
zeigt, das ich freilich nicht recht versteh' —

Pfarrer. Und ich halte ihn —
nehmen Sie es nicht übel Herr Kripto=
sophus, ich hab Ihnen schon das näm=
liche gesagt — ich halte ihn für einen Mann,
der unsern Bauern die Köpfe verrükken
wird.

Amtmann. Wie kann er denn das?
wie wird er denn das?

Pfarrer. Durch seine geheimen
Wissenschaften.

Amt=

Amtmann. Desto besser; da wird er sie ja vielmehr klug machen.

Pfarrer. O ja. Er wird ihnen Träume auslegen; er wird ihnen den Lauf des Mondes und der Sterne erklären, und daraus große Weissagungen machen; er wird ihnen goldene Berge versprechen, und sie dadurch faullenzen lehren; er wird sie in der Kunst des Goldmachens unterrichten, und so die Bettler unsrer Gemeinde um ein Namhaftes vermehren.

Amtmann. Ah, das sind Possen. Was sagen Sie dazu?

Kriptosophus. Der hochwürdige Herr hat wie alle eitle Menschen einen falschen Begriff von meiner hohen Wissenschaft. — Er kam in die Welt, und die Welt hat ihn nicht erkannt. — Meine Wissenschaft lehrt freilich auch dergleichen Dinge, von denen der hochwürdige Herr gesprochen hat. Aber diese Dinge gereichen den Menschen zu ihrem größten Nutzen, denn sie werden dadurch Schüler der Weisheit, und es steht ja geschrieben —

Pfa=

Pfarrer. Sagen Sie mir doch, wie gefällt Ihnen denn seine Sprache?

Amtmann. Das ist freilich eine ganz neue Sprache für mich. Aber der Herr muß doch sehr gelehrt sein, das spürt man aus Allem. Man versteht ihn ja kaum.

Pfarrer. Und ist Ihnen denn eben das nicht Beweises genug von dem, was ich Ihnen gesagt habe?

Kriptosophus. Der hochwürdige Herr können sich noch einen bösen Handel zuziehen mit Ihrer Verspottung meiner geheimen Wissenschaft. Die verborgnen Diener der Weisheit, die da wandeln im Schatten des Lichts und im Lichte des Schattens — wer Ohren hat —

Pfarrer. Lassen Sie das meine Sorge sein. — Aber hören Sie mich an lieber Herr Amtmann. Sollten Sie denn durch die Zeit, die wir da beisammen sind, noch nicht erkannt haben, daß der Nutzen unsrer beiderseitigen Herrschaft mir gewiß sehr am Herzen liegt. Wie könnte mir einfallen, ihr etwas verwirthschaften zu

wol=

wollen! Aber ich glaube, einige Thaler
Geld machen noch Niemand reich, am wenigsten unsre Herrschaft.

Amtmann. Aber aus Thalern werden Dukaten, und aus Dukaten —

Pfarrer. Gut. Aber worinn besteht der wahre Nutzen einer Herrschaft?
in den Thalern und Dukaten allein? —
Wenn die Unterthanen nicht gern arbeiten; wenn sie ihre Pflichten nicht kennen
und also nicht ausüben; wenn sie keine
Begriffe von ihrer wahren Glükseligkeit
haben; wenn sie Säuffer, Spieler und
unwirthschaftliche Menschen sind — Sagen Sie mir, wird da eine Herrschaft wahren Nutzen haben?

Amtmann Da reden Sie schon
recht?

Pfarrer. Und wer macht es denn,
daß die Unterthanen das nicht sind? —
Das machen wir Seelsorger, wenn wir
bemüht sind, die Leute in der wahren Lehre ihres zeitlichen und ewigen Heils zu
unterrichten; wenn wir mittelst dieser

Leh=

Lehre den Weg zu ihrer dauerhaften Glük=
seligkeit bahnen.

Amtmann. Alles recht. Aber —

Pfarrer. Setzen Sie nun! eine Ge=
meinde ist durch Gottes Segen so weit
gebildet worden, daß sie ihre Pflichten
weiß und erkennt, daß sie gern arbeitet,
daß sie treu und gehorsam gegen ihre
Obrigkeit ist; daß sie mäßig und ordent=
lich lebt und sich einen Nothpfennig er=
spart, daß Sie ihre Steuern und Ga=
ben gern und richtig zahlt — sagen Sie
mir, wär es denn nicht unverantwortlich,
wenn man ihr auf einmal eine Gelegen=
heit selbst zuführte, wodurch sie in kurzer
Zeit gar nichts mehr von dem sein würde,
was sie jezt ist?

Amtmann. Wem wird auch so was
einfallen?

Pfarrer. Hier steht die Gelegen=
heit; und Sie wollen derjenige sein, der
sie mit eigener Hand zuführt.

Kriptosophus. Hochwürdiger
Herr, Sie werden ein hartes Urtheil in
jener Welt haben.

Amt=

Amtmann. Das sag ich nun eben
nicht. Aber zu viel machen Sie doch aus der
Sache. Wie wird denn ein einziger
fremder Mensch —

Pfarrer. Vergeben Sie mir Herr
Amtmann! Sie betrachten die Sache so
gut wie Sie können. Niemand fordert
von Ihnen, daß Sie Kenntniß von Din=
gen haben sollen, die ganz und gar nicht
Ihres Geschäfts sind. Aber mir müssen
Sie doch erlauben, gewisse Dinge gut zu
kennen, die in mein Geschäft einschlagen —
und das ist besonders Kenntniß des mensch=
lichen Herzens. Alles was neu ist, gefällt
den Menschen, und grade den einfältigsten
Menschen am besten. Das wird dieser
Herr sehr gut aus Erfahrung wissen.
Dann giebt es kein so gefräßiges, kein
so weit um sich reissendes Ungeheuer in
der ganzen Natur, als Schwärmerei;
und die liebste Speise für dieses Ungeheuer
sind eben nur wieder unwissende und ein=
fältige Menschen. — Und darum wette ich
Ihnen meinen Kopf Herr Amtmann,
lassen Sie den Herrn Kriptosophus heut
sei=

seine Wahrsager = und Sterndeuterbude in unserm Dorfe aufschlagen — in weniger als einer Woche haben wir das ganze Dorf voll Wahrsager, Sterndeuter — und unter uns gesagt — voll Narren. Die Büchse der Pandora würde so viel Unheil nicht anrichten, als diese Gauklerbube in unserm Dorfe.

Kriptosophus. Das sind Beschimpfungen hochwürdiger Herr!

Neunter Auftritt.
Die Vorigen. Der alte Baron.

Baron. Der Wetterbube der! nirgends ist er zu finden. A ha, Gesellschaft!

Amtmann. Allerergebenster Diener Euer freiherrlichen Gnaden!

Baron. Guten Tag Amtmann! Und da ist ja unser geistlicher Bräutigam. Ist es wahr, sagen Sie mir doch, daß sich mein Sohn so schlecht aufgeführt hat?

Kriptosophus. (bei Seite.) Den Herrn sollt' ich kennen.

Werth=

Werthheim. Nicht so sehr als Sie vielleicht glauben Herr Baron. Wir hatten einen unbedeutenden Wortwechsel —

Baron. Ja, und wo er mit seinem ungewaschenen Maule über die Geistlichen hergezogen ist. Ihr Leute kehrt alles zum Guten. Aber wißt ihr denn nicht, daß das schädlich ist?

Pfarrer. Güte ist wohl nie schädlich, wenn sie nur nicht falsch angewendet wird. Bei der größten Strenge kann man noch gütig sein, wenn man nämlich die Absicht merken läßt, daß man aufrichtig bessern und zurechtweisen will.

Baron. Nun das will ich eben auch, und da haben Sie mein Herz sehr beruhigt Herr Pfarrer. Toll will ich nicht sein, Böses will ich ihm auch nicht thun; aber bessern soll sich der Schurke.

Amtmann. Euer freiherrlichen Gnaden belieben da muthmaßlich von Ihrem Sohn zu reden. Es ist wohl wahr, daß der junge Herr Baron bisweilen —

Pfarrer. (zum Amtmann) Wozu doch neue Geschichten!

Ba=

Baron. Ja ja, auf euch Amtleute hat er denn gar eine besondere Pikke. Aber sagen Sie mir doch Herr Pfarrer — ich sehe und seh schon immer — was haben sie denn da für einen unbekannten Herrn?

Pfarrer. Es ist ein Reisender.

Baron. Ich weiß nicht, mein Gedächtniß thut mir doch sonst gute Dienste. Ich soll Sie schon wo gesehen haben — können Sie mir nicht sagen —

Kriptosophus. Es ist mir auch so.

Baron. Warten Sie — ei richtig — bei meinem Bruder, dem geheimen Rath zu Heilbronn — Sie heißen Lendenfuß?

Kriptosophus. Unglükliche Stunde! ich bin verrathen.

Baron. Nicht wahr, Sie heissen so?

Pfarrer. So hat er selbst gestanden.

Baron. Sie waren Hofmeister bei meinem Bruder — das sind schon wohl 'n Jahr 'n zwölfe. Zum Wetter! wie kommen Sie denn daher?

Kriptosophus. Der Herr Baron irren sich vielleicht.

Ba=

Baron. Nein bei meiner Ehre, nicht. Sie sind der nämliche leibhafte Lenden=fuß, mit dem wir immer so viel Spas ge=habt haben. Das ist ein närrischer Teufel, muß ich Ihnen sagen Herr Pfarrer. Wenn er meinen Sohn erzogen hätte, so würde ich mich gar nicht über die Tollheiten des Bubens wundern. Was treiben Sie denn jezt? — — Nu, Antwort! — Will denn Niemand reden? — Dahinter stekt was. Hat man Sie etwa auf einem losen Strei=che ertappt, denn umsonst sind Sie wohl nicht mit dem Amtmann in Gesellschaft. — Alle Wetter, so will denn Niemand das Maul aufthun! So reden doch Sie we=nigstens Herr Pfarrer.

Pfarrer. Ich thu es sehr ungern. Vielleicht erklärt sich der Herr selbst. Er hat ganz besondre Geschäfte.

Kriptosophus. Dürfte ich mich nicht schönstens empfehlen?

Baron. Ah nicht doch Herr Patron! Aber so reden Sie zum Wetter!

Krip=

Kriptosophus. Nun, sehen Sie Herr Baron — ich bin ein Diener geheimer Weisheit geworden.

Baron. Doch nicht in Bierschenken und Weinhäusern? Da hatten Sie ja zu meiner Zeit immer Ihre Weisheit.

Kriptosophus. Ich habe den alten Menschen ausgezogen.

Baron. Das kann nicht wohl sein. Der Schelm sas Ihnen immer zu tief im Geblüte, daß sie den so leicht hätten vom Halse bringen können. Aber was soll denn das eigentlich heissen, geheime Weisheit, Herr Pfarrer?

Pfarrer. Er deutet Träume aus, versteht sich aufs Wahrsagen und macht Gold.

Baron. Potz Narr und kein Ende! Nu, das sieht ihm ähnlich. Aber wie zum Henker sind Sie denn gerade auf das verfallen? — Sie können schon aufrichtig sein, denn in der Falle haben wir Sie schon. Machen Sie ein wenig ein Sündenbekenntniß. Vielleicht kann man Ihnen helfen. Nu?

Krip=

Kriptosophus. Ach, es ist ein unglüklicher Tag, an welchem ich hieher gekommen bin. Meine Stunde hat geschlagen.

Baron. So verziehen Sie das Gesicht nicht so, und reden Sie, wie Sie sonst geredet haben.

Kriptosophus. (Nimt nach einigem Bedenken eine freie und natürliche Sprache an) In Gottes Namen also. Ich will Ihnen alles sagen. Vor allem aber muß ich bekennen, daß ich bei einem Dorfpfarrer das nicht gesucht hätte, was ich gefunden habe. Sie sind mir gar zu scharfsichtig gewesen. Ich spiele doch meine Rolle schon über einige Jahre, und habe überall Ehre eingelegt.

Baron. Erzählen Sie ein wenig Ihren Lebenslauf.

Kriptosophus. Meine Sache war immer, auf anderer Leute Unkosten zu leben. Ich bin alles gewesen, was ein Mensch wie ich nur immer sein kann, Seiltänzer, Komödiant, Soldat, ein Genie und ein Gauner. Nirgend konnt' ich aber

mei=

meine Rechnung finden. Endlich fiel ich
einem Goldmacher in die Hände. Der
versicherte mich, alle Geister und alle Ele=
mente stünden ihm zu Gebothe; aber es
kam mir so wunderbar vor, daß ihm das
Rindfleisch und die Suppe nie recht zu
Gebothe stehen konnten, denn er hungerte
wie ein Poet. Ich lernte ihm einige sei=
ner gauklerischen Kunstgriffe ab; und weil
ich aus Zeitungen und Journalen wußte,
daß in manchen Gegenden Deutschlands
mit geheimen Wissenschaften großes Glük
zu machen sei, so zog ich dahin, that mei=
nen Kram auf, warb Proseliten, machte
die Leute zu Narren, und gieng immer
mit guter Beute beladen davon. Der
Herr Pfarrer hat mein Handwerk unver=
besserlich beschrieben.

Amtmann. Ei, ei, Sie sind mir ein
sauberer Zeisig Herr — Kriposophus oder
wie Sie sich nennen.

Baron. Was ist denn das für ein
verdammter Namen?

Kriptosophus. Es ist ein grie=
chischer Name Herr Baron. Ein solcher
Na=

Name gilt heut zu Tage wenigstens um 50 Procent mehr als ein deutscher. Wer sich in diesem aufgeklärten Jahrhundert recht wichtig machen will, der muß sein Wesen griechisch treiben, bis auf die Spitzbuben; denn die behalten noch immer ihren deutschen Namen.

Baron. Hören Sie ihn Herr Pfarrer. Er ist noch immer der Alte.

Pfarrer. Erlauben Sie mir nun doch eine Frage: Denken Sie sich denn nicht endlich zu etwas Rechtem zu bestimmen? Erinnern Sie denn Ihre Jahre nicht, einmal ein ordentlicher und rechtschaffener Mann zu werden?

Kriptosophus. Wie soll ich das anfangen Herr Pfarrer? Ich habe ja nichts zu leben.

Pfarrer. Das ist freilich schwer.

Kriptosophus. Ich glaube immer, es ist keine so gar große Kunst, ein braver Kerl zu sein, wenn man satt und gut zu essen hat. Ich wollte allenfalls etwas thun. Einiges und Andres hab ich doch gelernt.

Ba=

Baron. Wollten Sie arbeiten?

Kriptosophus. Herzlich gern; verſteht ſich aber, nicht zu viel, wenig=ſtens am Anfang. Ich müßte mich erſt daran gewöhnen.

Baron. Da ſoll Rath werden. Ich könnte einen Wirthſchaftsbeamten brau=chen, der aber eine fertige Feder haben muß. Ich geb ihm Koſt, Wohnung und 300 fl.

Kriptosophus. Lieber Herr Ba=ron, da greif' ich ja mit beiden Händen zu. Hätt' ich das nur jemal finden kön=nen! Meine Feder iſt nicht ſchlecht; ein wenig miſtiſch hab' ich ſie wohl gemacht; aber das verlernt ſich bald wieder.

Baron. Das wollt' ich Ihnen auch gerathen haben. Ein Narr dürfen Sie mir nicht ſein; und wenn ich hören ſollte, daß Sie mir einem Bauer Träume aus=legen und wahrſagen, ſo laß ich Sie auf Kavalierparole in den Bok ſpannen oder krumm ſchließen; das merken Sie ſich.

Zehn=

Zehnter Auftritt.

Die Vorigen. Anton.

Anton. Mit Verlaub allerseits, daß ich stöhren muß. Ich hab was anzubringen Herr Pfarrer.

Pfarrer. Wegen dem alten Görge? das hätte ja noch Zeit gehabt.

Anton. Mit Verlaub nicht wegen dem allein. Ich bin schon in mich gegangen, und der Gevatter Görge behält seine Stube. Der fremde Herr — da steht er ja mit Verlaub — der wird schon anderwärts sein Unterkommen finden.

Pfarrer. Was habt ihr denn sonst noch zu sagen?

Anton. Ich bin eben in der Reihe bei unserm Krankenhause mit Verlaub, daß ich diese Woche die Obsorge darüber haben muß. Da ist uns eben heut Nacht im Wirthshause ein reisender Handwerksgeselle krank geworden, er ist ein Schneider seiner Profession mit Verlaub —

Pfarrer. Und da habt ihr ihn ins Krankenhaus gethan.

G   Ba=

Baron. Um ein Wort zwischendrein
zu reden — sagen Sie mir doch Herr
Pfarrer, geht das Ding wirklich von statten mit Ihrem Krankenhause?

Pfarrer. Bis jezt Gottlob recht
gut. Mit Beihilfe der Herrschaft und des
Herrn Amtmanns hat die Gemeinde ein
Haus gebaut; alle Monate geschieht in
der Kirche eine Sammlung. Ueberdies
giebt ein jeder nach Willen und Vermö-
gen an Holz und Lebensmitteln etwas
her; und von Woche zu Woche besorgt ein
Hauseigenthümer nach dem andern die
Aufsicht und Pflege.

Baron. Die Sache ist gar nicht
übel. Ich glaubte anfangs, es würde
nichts draus werden. Ich will sehen, daß
ich bei mir auch so was einführe. Nun
sprecht nur weiter.

Anton. Mit Verlaub also, der
Handwerksgeselle ist richtig ins Haus gebracht worden. Wie es denn aber vorge-
schrieben ist, daß ein jeder Fremder aus-
gefragt werden soll, wer er ist mit Verlaub und wo er herkommt, so hab ich ihn
auch)

auch gefragt, und da hat sichs veroffenbart, daß der Handwerksgeselle aus dem Brandenburgischen zu Hause ist mit Verlaub —

Pfarrer. Nun — und weiter?

Anton. Da weiß ich mit Verlaub nicht recht was ich zu thun oder zu lassen hab — denn es ist das erstemal, daß einer, der nicht von unserer Religion ist.—

Pfarrer. Anton! müßt ihr mich denn an einem Tage zweimal betrüben? Schämt ihr euch denn nicht vor dieser ansehnlichen Gesellschaft, so etwas zu fragen?

Anton. Aber mein Gott — ich will nur mit Verlaub nicht blos meinem Kopfe folgen.

Pfarrer. So solltet ihr eurem Herzen folgen; und sagt euch das nicht, daß ihr alle Menschen lieben sollt; daß jeder Mensch euer Nächster ist; daß es bei einem Kranken und Unglüklichen nie die Frage sein soll, wer er ist und was er glaubt, sondern wie ihm geholfen werden kann? Gute Leute, wann werd' ich es

G 2   doch)

doch an euch erleben, daß ihr keine Halb=
christen mehr sein werdet?

Anton. Mit Verlaub, das bin ich
ja nicht.

Pfarrer. Leider seid ihr es, so lan=
ge eure Nächstenliebe nicht vollkommen ist.
Was ist der Mensch ohne diese Liebe?
ein tönendes Erz und eine klingende Schelle.
Lernt doch duldsam werden und liebreich.
Macht euch denn Gott zum Richter eines
fremden Glaubens? Baut er denn nicht
auf die Liebe seine ganze Religion? — —

Anton. Es soll alles geschehen Herr
Pfarrer; und meine Frage müssen sie mir
nicht zum Bösen deuten mit Verlaub. Sie
wissen ja, daß Sie immer unser Horakel
sein, und daß wir ohne Ihren Rath nichts
thun mögen mit Verlaub. (geht ab.)

Eilfter Auftritt.
Die Vorigen, ohne Anton.

Baron. Soll mich der Wolf fressen,
wenn mir so ein Auftritt nicht lieber ist,
als die schönste Komödie in der Stadt.
Meiner Treu Herr Pfarrer, Sie haben
es

es bei Ihren Bauern weit gebracht; das
sein doch Menschen und nehmen Räson an.
Bei mir wills noch nicht so fort. Meine
Bauern die rekken noch immer die Zähne
wie ein wüthiger Hund, wenn sie einen
Evangelischen sehen. Es ist doch abscheu=
lich, wenn die Menschen so dumm sein.

Pfarrer. Das giebt sich nach und
nach Herr Baron; nur Geduld muß man
haben. Zwingen läßt sich das nicht! Ge=
linde Vorstellungen und eignes Beispiel
wirkt da am meisten. Glauben Sie mir. —

Baron. A ha! Monsieur Urian!
haben wir dich endlich beim Ohr.

Zwölfter Auftritt.

Die Vorigen. Der junge Baron.

Baron. j. Herr Vater, ich weiß,
daß ich einen Fehler begangen habe.

Baron. a. Ja? weißt du?

Baron. j. Aber ich bitte Sie, lassen
Sie mich das nicht vor allen Leuten ent=
gelten.

Baron. a. So? aber ein Wildfang
und ein Stänker kann der junge Herr
sein vor allen Leuten! Ich will mich aber
nicht

nicht ärgern. Dem Herrn Pfarrer da magst du danken, daß ich dich nicht abkarbatsche wie meinen Grauschimmel. Prügel du deine Hunde; aber ehrliche Leute laß ungeschoren.

Baron j. Wer wird von einem solchen Menschen Impertinenzen einstekken?

Baron. a. Du, frag erst, wer impertinent mit seinem losen Maule gewesen ist! Daß wir aber den Prozeß kurz machen, denn wegen einem solchen Tollkopf will ich mir des Herrn Pfarrers sein Mittagessen nicht verderben — fürs erste also wirst du aus deinem eignen Beutel auf der Stelle dem alten Kasper sechs Dukaten Blutgeld zahlen — ist das genug Amtmann?

Amtmann. Es mag schon genug sein.

Baron. a. Also heraus mit dem Beutel, und da auf den Tisch hingezählt! hurtig!

Baron. j. (zieht langsam den Beutel, und legt das Geld hin.)

Baron. a. Sieh, was für schöne blanke Dukaten das sein! — Dann wirst du
die

die ganze Kur bezahlen, und dem Feld=
scher ein besonders Geschenk machen, da=
mit er mit der Kur hübsch geschwind vor=
rükt; denn diese Herrn sein wie die liebe
Gerechtigkeit : wer nicht schmiert , der
fährt nicht. Der Herr Pfarrer kann sei=
nen Diener nicht entbehren.

P f a r r e r. Die Kur werde ich schon
selbst bezahlen,

B a r o n. a. Nicht einen Kreutzer!
Der Bursche soll zahlen, daß ihm die
Ohren klingen. Eigentlich gehts doch von
seines Vaters Gelde. Aber ich werd es
ihm schon einbringen; ich werd' ihm den
Brodkorb schon höher hängen. — End=
lich dann Herr Urian wird er — und da
nur kein Wort Einwendung oder Wider=
spruch, sonst schlagen alle Wetter zusam=
men — endlich also wird er morgen des
Tages und stante pede abmarschiren wo=
hin ich ihn schifen werde. Ich hab des
verdammten Faullenzens satt. — Und jezt,
wenns ihm recht ist, sind wir wieder gute
Freunde.

B a=

Baron j. (küßt ihm die Hand)
Sie sind hart mit mir umgegangen mein
Vater!

Baron a. Den Henker auch. Zu
hart? — Zu gut bin ich immer gewesen,
sonst wär doch schon etwas aus dir ge=
worden. Aber Punktum! Das Uebrige
nach Tische. Sie helfen mir schon Herr
Pfarrer, daß ich an dem Buben noch ein
wenig Freude erlebe. Es ist eine Schan=
de, daß ich da an einem Tage mit dir
zanken muß, der unserm geistlichen Bräu=
tigam gehört. So kommen Sie her Sie
Kirchenlicht! Wir müssen Ihnen ja gra=
tuliren. Doch nein, das soll bei Tische
losgehen, bei vollen Gläsern. — Alle Welt
was ist das? Trompeten und Pauken!

(Man hört Trompeten und Pau=
ken. Der Schulmeister von
zwei Trompetern begleitet tritt
herein.

Baron a. Nun da haben wirs!
Das ist ja gar der Schulmeister.

Drei=

Dreizehnter Auftritt.

Die Vorigen. Der Schulmeister.

Schulmeister. (Macht Reve=
renzen gegen die Gesellschaft und
spricht in einem feierlichen Tone.)
Hochansehnliche, hochgnädige und hoch=
würdige Gesellschaft!

Baron. a. Seht ihrs! jezt ist dem
Faß der Boden aus. Der Schulmeister
bringt uns eine Oration.

Pfarrer. Wer dem guten Manne
doch den Gedanken eingegeben hat!

Schulmeister. Nachdem die liebe
Sonne an dem heutigen glorreichen Tage
das Firmament mit ihrem Glanze erleuch=
tet hat, und in diesem Orte ein Fest be=
gangen werden soll, dergleichen noch
nicht gesehen worden ist, seitdem dieser
Ort steht; so ist es meine Pflicht und
Schuldigkeit, dem geistlichen Bräutigam
meine allertiefsten Glükwünsche ergebenster=
maaßen abzustatten. Denn als Gott der
Herr den Himmel und die Erde erschaffen
hatte, so geschah es, daß er auch den
Menschen machte, und zwar ein Männlein
und

und ein Weiblein. Sintemalen aber die listige Schlange im Paradiese —

Kasper. (ruft laut.) Das Essen ist aufgetragen —

Schulmeister. O mein Gott, so bringt mich der Kasper aus meinem Konzepte.

Baron. a. Laß er das gut sein Schulmeister. Er kommt schon wieder drein wenn er einige Flaschen im Leibe hat. Er muß uns den ganzen Senf noch einmal auftragen. Es ist eine perfekte Oration. Aber jezt gehen wir.

Schulmeister. Tutti! (Es wird geblasen — dann rufft er) Der geistliche Bräutigam vivat hoch! (Es wird immer fortgeblasen. Der Schulmeister geht voran, und die ganze Gesellschaft nach.)